KB161258

선물은 누구의 것이 될까?

선물은 누구의 것이 될까?

제브데트 클르츠 엮음 | 이난아 옮김

철학 교수가 들려주는 지혜 이야기

푸른숲주니어

삶 속에 지혜가 있다

나는 대학에서 철학을 가르치면서, 학생들이 철학을 전공으로 선택하고서도 어렵게 느끼며 부담스러워하는 경우를 많이 보았다. 그 때문에 철학이 학생들에게 좀 더 편안하게 다가갈 수 있는 방법이 없는지 고민했다. 여러 방법들을 궁리하던 중에, 어느 날 짧지만 감동적인 이야기들을 들려준 것이 뜻밖에도 좋은 반응을 얻었다.

내 생각의 지평을 넓혀 주었고 마음을 열어 주었던 이야기들은 학생들에게도 크고 작은 영향을 미쳤다. 놀랍게도 학생들은 내가 굳이 설명하지 않아도 이야기 속에 담긴 삶의 지혜를 정확히 잡아내었고, 철학과의 연결 고리를 만들어 냈다. 나는 그 이야기들을 더 많은 이들과 함께 나누고, 감정을 공유하고 싶었다. 그 바람을 담아 바로 이 책이 탄생한 것이다.

나는 지혜의 보편성을 믿는다. 사실, 일개 터키의 철학 교수가 모아 엮은 책이 한국의 청소년들과 만나게 될 것이라고 어느 누가 상상이나 했겠는가? 이 책을 한국에서 출간하겠다는 연락을 받았을 때, 나는 지혜라는 것이 세계 어느 곳에서든 깊은 울림을 줄 수 있는 공통의 언어라는 사실을 다시 한 번 확인했다.

이 책에는 평범한 사람들의 이야기뿐만 아니라 오랫동안 전해 온 옛이야기, 재치 넘치는 우화 등이 담겨 있다. 가끔은 어디선가 들어 본 듯 익숙하게 여겨지는 내용도 등장할 것이다. 그러나 그 어떤 이야기도 우리의 일상이나 관심거리와 동떨어지지 않았다.

삶과 유리되지 않는 익숙한 이야기. 이것을 통해 나는 사람들이 우리 사회에서 일어나는 도덕적 몰락에 관심을 갖게 되기를, 그리하여 아름다운 가치들과 다시금 만나게 되기를 꿈꾸었다.

배려, 관계, 사랑, 행복 등의 가치는 오늘날 그 본래의 의미가 상당 부분 퇴색된 것이 사실이다. 나는 이러한 가치들에 담긴 긍정성을 논의의 대상으로 삼아, 우리 삶의 일면들과 만나게 해 주고 싶었다. 그리고 그 모든 것을 '지혜'라는 한마디로 함축한 것이다.

내게 한국인은 '선한 가치를 숭상하는 도덕적이고 부지런한 민족'이라는 이미지로 각인되어 있다. 한국의 미래를 책임질 청소년들이 어른이 되어 가는 과정에, 수천 킬로미터 떨어진 친구의 나라 터키에서 살아가는 한 어른이 이 책을 통해 무언가 도움을 줄 수 있다면, 더없이 자랑스럽고 행복한 일이 될 것이다.

철학은 어려운 것이 아니다. 우리의 삶을 좀 더 가치 있게 만드는, 삶의 한가운데에서 여러분과 함께 숨 쉬고 움직이는 지혜가 바로 철학인 것이다. 이 책이 여러분에게 그 지혜를 선물해 줄 수 있기를 바란다.

2011년 10월

제브데트 클르츠

차례

제1장... 배려

골동품 . . 의자

골동품을 사고파는 청년이 있었다. 그는 아나톨리아(아시아의 서쪽 끝 지역으로, 오늘날 터키 영토의 대부분을 이루는 넓은 고원지대)의 한적한 시골을 돌아다니면서 오래된 물건을 헐값에 사들인 뒤 비싼 값으로 되팔아 돈을 벌었다. 골동품을 구하기 위해서라면 혹독한 추위도, 찌는 듯한 더위도 아랑곳하지 않은 채 부지런히 돌아다녔다.

지금껏 산전수전 다 겪어 보았지만 이번만큼 위태로운 상황에 처한 적은 없었다. 눈보라가 어찌나 거세게 몰아치는지 몰고 가던 미니버스가 옴짝달싹하지 못했다. 이대로 있다가는 꼼짝없이 얼어 죽을 상황이었다.

그런데 천만다행으로 근처를 지나가던 노인이 차 안에서 정신을 잃어 가는 그를 발견했다. 노인은 청년을 부축해 자신의 오두막집으로 데리고 가면서 말했다.

"몸이 아파서 며칠 동안 꼼짝 못 하고 누워 있었다네. 그런데 마침 오늘은 몸이 조금 좋아져서, 장작도 구할 겸 오래간만에 밖으로 나온 거지. 아마도 자네를 구하려고 내 몸이 나은 모양이야."

두 사람은 무릎까지 파묻히는 눈길을 힘겹게 헤치고 나아가 한참 만에 오두막집에 도착했다. 청년은 눈부시게 빛나는 하얀 눈을 계속 본 탓에 눈의 초점이 흐려질 대로 흐려져 있었다. 그런데 집 안으로 들어선 순간, 그의 눈이 갑자기 휘둥그레졌다. 거실 한가운데에 있는 난로 주위로 서너 개의 의자가 빙 둘러 놓여 있었는데, 그 의자들이 그가 지금까지 보았던 어떤 골동품보다 아름다웠기 때문이다.

그는 얼어붙었던 몸이 순식간에 따스해지고, 감각이 없던 얼굴이 발갛게 달아오르는 것을 느꼈다. 노인은 청년의 변화를 눈치채지 못한 채 음식을 준비하기 위해 분주히 움직였다.

"장작이 없어서 난로는 못 피우겠구먼. 이 이불이라도 덮고 있게나. 몸을 따뜻하게 해 줄 걸세."

노인은 청년에게 잠자리를 마련해 주고는 오래전에 사별한 아내와 함께 쓰던 방으로 들어갔다.

청년은 모헤어(앙고라염소의 털)로 짠 담요 속에 폭 파묻혔다. 몸이 몹시 피곤한데도 도무지 잠을 이룰 수가 없었다. 머릿속에는 온통 의자 생각뿐이었다. 무슨 수를 써서라도 그 의자들을 가져가야 했다. 그러자면 그럴듯한 시나리오가 필요했다.

그가 머리를 짜내서 그려 본 시나리오는 이랬다. 우선 자신의 목숨을 구해 주어 고맙다는 이유를 들어 의자 몇 개를 비싼 값에 사 주겠다고 말하는 것이다. 너무 낡아서 밖에 내다 놓은 의자도 몇 개 있었는데, 이것은 노인이 다른 일에 정신을 쏟는 사이에 몰래 미니버스에 실으면 될 듯했다. 그런 다음 재빨리 도망을 치면 되지 않을까? 노인은 기운이 없어서 잘 걷지도 못했다. 그의 뒤를 쫓아온들 얼마나 뛸 수 있을까?

청년은 이런저런 생각을 거듭하다가 깜박 잠이 들었다. 그러다 새벽녘에 윙윙거리는 세찬 바람 소리에 설핏 잠에서 깨어났다. 잠이 덜 깬 채로 간밤에 생각이 멈추었던 지점에서부터 다시 이어 가기 시작했다. 그사이 아침 기도를 드리는 노인의 목소리가 희미하게 들려오는가 싶더니, 장작을 패는 듯한 소리도 들렸다. 정신이 혼미한 가운데 또다시 까무룩 잠이 들었다.

그가 눈을 떴을 때, 노인은 난로 위에 냄비를 올려놓고 음식을 만들고 있었다. 그 모습을 멍하니 바라보다가 갑자기 어제 본 의자가 떠올랐다. 그는 몸을 조금 일으켜 주위를 둘러보았다. 맙소사! 그 멋진 골동품들이 모두 사라지고 없었다!

그는 자신이 잠꼬대를 하면서 계획을 다 말해 버렸을지도 모른다고 생각했다. 우연히 그 소리를 들은 노인이 의자들을 다른 곳으로 옮겨 놓은 것은 아닐까? 그는 최대한 침착하게 보이도록 애를 쓰며 말을 걸었다.

"어르신, 덕분에 아주 편안한 밤을 보냈습니다. 몸이 개운해진 것 같아요. 어르신을 못 만났더라면 큰일 날 뻔했습니다. 음식 냄새가 정말 좋네요. 그런데 어젯밤에는 분명히 난로 곁에 의자가 있었던 것 같은데……. 제가 잘못 봤나요?"

노인은 거실 한구석에 쌓아 둔 나무 조각 더미에서 하나를 집어 들어 난로에 던져 넣으면서 대답했다.

"자네가 말하는 의자라는 것은 한낱 물건에 불과할 뿐이지. 내 집으로 초대한 손님이 추위에 떨도록 내버려 두는 것은 경우가 아니라네."

운동화 . . 한 짝

신발 가게 주인은 그날 새로 들어온 상품들을 진열장에 정리하느라 정신없이 바빴다. 그래서 건너편 길가에서 한 아이가 뚫어져라 바라보고 있는 것을 알아차리지 못했다.

그 신발 가게의 물건들은 고급 상품이라 할 만한 것들은 아니었다. 하지만 동네에 있는 작은 가게치고는 꽤 괜찮은 물건들을 갖춰 놓고 있었다. 신발 가게 주인이 새로 나온 운동화를 진열장 앞줄에 내려놓자, 아이가 가게 쪽으로 가까이 다가왔다.

그제야 신발 가게 주인은 아이를 발견하고 허리를 폈다. 아이는 왼쪽 겨드랑이에 목발을 끼고 있었는데, 목발 하나에 몸을 의지하고 있는 모습이 몹시 힘겨워 보였다. 아이의 왼쪽 바짓가랑이 아래쪽이 바람결에 힘없이 팔락거렸다.

아이는 신발 가게 주인이 자신을 바라보고 있는 것을 모르는 눈치였다. 그저 신발에 정신이 팔려 넋이 나간 표정으로 진열장만 바라보고 있었다. 그러다 퍼뜩 정신을 차리고 몸을 돌렸다. 그 순간, 신발 가게 주인이 밖으로 뛰어나가 아이를 불러 세웠다.

"얘야, 신발을 사려고 그러니? 운이 아주 좋구나. 이번에 멋진 물건들이 많이 나왔거든!"

아이는 미소를 지으며 대답했다.

"맞아요, 진짜 멋져요! 그렇지만…… 제 다리를 보세요. 태어날 때부터 한쪽 다리가 없어요."

"글쎄, 내가 보기에 그건 별로 중요하지 않은 것 같은데? 이 세상에 완벽한 사람은 단 한 명도 없거든. 어떤 사람은 손이 없고, 어떤 사람은 다리가 없지. 또 어떤 사람은 머리가 모자라고, 어떤 사람은 믿음이 없단다."

아이는 아무 말도 하지 않았다. 신발 가게 주인은 아이의 표정을 살피며 말을 덧붙였다.

"우리에게 믿음이 없는 것보단 한쪽 다리가 없는 편이 더 낫지."

아이는 혼란스러웠다. 그래서 신발 가게 주인에게 다가가 이렇게 물었다.

"이해가 안 돼요. 왜 그렇죠?"

"믿음이 없으면 천국에 가지 못하잖니? 하지만 한쪽 다리가 없다고 천국에 못 가는 건 아니지. 어차피 그곳에 가면 이승에서 부족했던 부분들이 온전하게 채워질 테고. 게다가 너같이 몸이 불편한 사람은 그것 때문에 많이 힘들었으니까, 몸이 멀쩡했던 사람들보다 더 큰 보답을 받게 될 거야."

아이는 환한 미소를 지어 보였다. 그동안의 고통스런 시간들이 구름처럼 가벼워지는 것 같았다.

신발 가게 주인은 진열장을 가리키면서 다시 말했다.

"아까부터 저 운동화를 계속 바라보고 있더구나. 안목이 꽤 높은데? 내가 보기에도 너한테 아주 잘 어울릴 것 같아. 한번 신어 볼래?"

아이는 당황한 듯 세차게 고개를 저었다.

"가격이 삼십 리라(터키의 화폐 단위)나 되잖아요. 저는 살 수 없어요."

"음, 그럼 이렇게 하면 어떨까? 이제 곧 할인 기간이란다. 며칠 더 있어야 하긴 하지만, 날짜를 좀 앞당기지 뭐. 그다지 어려운 일은 아니야. 그런 거야 주인 마음대로지. 어디, 계산해 보자……. 이십 리라만 주면 되겠구나. 그런데 너는 어차피 한 짝만 살 테니 십 리라만 내렴."

아이는 잠시 생각에 잠겼다가 말했다.

"그러면 남은 한 짝은 쓸모가 없잖아요. 누가 신발을 한 짝만 사겠어요?"

신발 가게 주인은 크게 웃으며 대답했다.

"걱정할 것 없어. 남은 한 짝은 오른쪽 다리가 없는 아이에게 팔면 되지!"

아이는 그 말이 그럴듯하게 여겨졌다. 신발 가게 주인은 표정이 밝아지는 아이를 보며 말을 이었다.

"게다가 넌 학생이잖아. 몇 학년이지?"

"이 학년이에요. 이제 곧 삼 학년 올라가요."

"아이고, 이런! 학생 할인도 해 줘야 하네! 학생은 원래 오 리라를 깎아 주거든. 그럼 오 리라가 남는구나. 그 정도는 흥정하는 사람 몫이니까, 이제 저 운동화는 네 거야! 순식간에 너한테 운동화를 팔아 버렸네?"

신발 가게 주인은 과장되게 너스레를 떨었다. 그러고는 놀라서 눈이 동그래진 아이의 시선을 등에 받으며 가게 안으로 들어갔다. 가게 안의 선반에는 아이가 마음에 들어 했던 것과 똑같은 운동화가 가득했다. 그러나 그는 진열장을 열고 아이가 바라보던 바로 그 운동화를 꺼냈다.

그런 다음 등받이가 없는 둥근 의자를 가지고 나와 아이를

앉히더니 새 운동화를 천천히 신겨 주었다. 그는 아이가 신고 있던 낡은 운동화를 들어 보이며 말했다.

"내가 너한테 내 상품을 팔았으니, 너도 내게 이 운동화를 팔면 좋겠구나."

아이는 깜짝 놀라 더듬거리며 말했다.

"노, 농담하세요? 그, 그 운동화는 밑창이 다 닳아서 구멍이 나기 직전이에요. 그렇게 낡은 운동화를 어떻게 팔아요?"

"이런, 정말 아무것도 모르는 녀석이네! 골동품이라는 게 있잖아. 골동품은 오래된 물건일수록 값이 더 나가지. 이 운동화는 정말 오래 신은 것 같구나. 내 생각에는 최소한 삼, 사십 리라쯤 될 것 같은데? 이왕 흥정하는 마당에 싸게 삼십 리라에 팔면 안 되겠니?"

아이는 몹시 어리둥절한 표정이었다. 그저 꿈을 꾸고 있는 것만 같았다. 그것도 세상에서 가장 멋진 꿈을…….

신발 가게 주인은 땀으로 흥건한 아이의 손에 돈을 쥐어 주었다. 아이는 손을 펴서 잠시 돈을 바라보더니, 십 리라를 그에게 돌려주었다.

"제 생각에는 이십 리라면 충분해요. 게다가 조금 전에 할인을 시작한다고 하셨잖아요!"

신발 가게 주인은 아이의 말을 거절하기 힘들어 십 리라를 받았다. 그러고는 사랑스러운 아이의 뺨에 입맞춤을 했다. 가슴이 벅차올라 금방이라도 터질 것만 같았다. 가게에 있는 신발을 모두 판다고 해도 이렇게 행복한 마음이 들지는 않을 듯했다.

아이는 천천히 몸을 일으켰다. 목발이 필요 없어 보일 만큼 가뿐한 몸놀림이었다. 아이는 행복한 미소를 지으며 감사의 인사를 하였다. 그러고는 이렇게 덧붙였다.

"우리 아빠 말이 맞았어요. 장애가 있다고 해서 마음 아파할 이유가 없는 것 같아요!"

마지막 버스표 . . 한 장

보스니아에서 치열하게 내전이 벌어지고 있을 때였다. 어느 날, 내가 가르치는 학생들과 함께 그곳에서 벌어지는 끔찍한 학살에 대해 열띠게 토론을 벌였다.

토론 중에 한 학생이 이렇게 제안했다.

"선생님, 우리가 도와줄 게 없는지 찾아보면 어떨까요?"

"좋은 생각이구나. 이왕이면 우리 힘으로 직접 도울 수 있다면 더 의미가 깊겠지? 부모님의 도움 없이 말이야."

학생들은 논의 끝에, 미술 시간에 배운 솜씨로 여러 가지 작품을 만들기로 했다. 그리고 보름 후에 '보스니아 친구 돕기 바자회'를 열고, 직접 만든 작품을 팔아서 돈을 모으는 것이었다. 우리는 다 같이 그것을 준비하는 데 온 힘을 기울였다.

일주일째 되는 날, 학생들은 자신들이 손수 만든 소박한 작품들을 제출했다. 딱히 화려하거나 빼어나지는 않았지만 내 눈에는 더할 나위 없이 귀해 보였다. 몇몇 학생들은 미처 완성을 못 해서 다음 시간에 가져오기로 했다. 작품을 완성했거나 못 했거나 간에 모두들 무척 행복한 표정이었다.

그런데 반에서 가장 모범적이면서 우등생으로 꼽히는 손궐은 하루 종일 고개를 숙인 채 아무 말도 하지 않았다. 나는 손궐의 침울한 얼굴이 자꾸만 신경 쓰였다. 아니나 다를까. 수업이 끝나고 학생들이 왁자지껄하게 떠들며 집으로 돌아갈 때, 손궐은 조용히 내 옆으로 다가와 이렇게 말했다.

"선생님, 아무리 생각해 봐도 보스니아에 사는 친구들에게 제가 줄 수 있는 건 이것밖에 없어요. 작으나마 도움이 된다면 좋겠어요."

손궐은 내 손바닥 위에 무언가를 올려놓고는 급히 밖으로 나갔다. 손바닥 위에는 학생용 버스표 한 장이 놓여 있었다. 아마도 손궐은 보스니아에서도 같은 버스표를 사용한다고 생각한 모양이었다. 나도 모르게 얼굴에 미소가 떠올랐다.

언제부터인가 부슬부슬 비가 내리기 시작하더니 퇴근 무렵에는 억수같이 쏟아졌다. 그날따라 학교 앞은 도로 보수 공사 중이었다. 나는 별수 없이 평소에는 이용하지 않는 뒷길로 차

를 몰았다. 비가 어찌나 세차게 쏟아지는지 와이퍼가 아예 소용이 없을 정도였다.

그런데 그 거센 빗줄기 사이로 다급하게 걸어가는 사람이 보였다. 열두 살 혹은 열세 살쯤 되어 보이는 여자아이였다.

나는 그 아이를 태워 주기 위해 속도를 늦추며 서서히 다가갔다. 그런데 가까이 가서 보니, 뜻밖에도 그 아이는 손귄이었다. 손귄은 마지막 버스표를 보스니아 친구들을 위해 기부한 것이었다. 그 때문에 지금 이 거센 비를 온몸으로 맞으며 다급히 걸어가고 있었다.

나는 손귄을 차에 태웠다. 그리고 얼마 뒤, 금방이라도 쓰러질 것 같은 허름한 판잣집 앞에 도착했다. 그 아이가 아버지를 비롯해 세 남매와 함께 살고 있는……. 손귄은 차에서 내려 집으로 달려갔다. 그러고는 문 앞에 서서 환한 얼굴로 나를 향해 꾸벅 인사를 했다. 그 아이가 집 안으로 들어가고 문이 닫히자마자, 참고 참았던 눈물이 쏟아져 내렸다.

일주일 후, 공들여 준비한 '보스니아 친구 돕기 바자회'가 열렸다. 나는 바자회에 참석한 손님들에게 인사를 전하는 자리에서 그 버스표를 높이 들어 보이며, 가난하지만 마음만큼은 그 누구보다 부자인 아이의 이야기를 꺼냈다.

이윽고 경매가 시작되었다. 오래지 않아, 손귄의 버스표를 경매에 부칠 차례가 되었다. 버스표는 바자회에 나온 모든 물건을 팔고서 얻은 수익금과 맞먹는 가격에 팔렸다.

시커먼 . . 벽

그 병원에는 불치병 환자만 지내는 병동이 따로 있었다. 그 병동의 한 병실에 환자 두 명이 함께 지내고 있었다. 한 명의 침대는 창가 쪽에 있었지만, 다른 한 명의 침대는 차가운 벽 바로 옆에 자리했다.

창가 쪽에 누워 있는 사람은 저세상으로 갈 날만을 기다리는 말기 환자였다. 그는 온종일 창밖을 바라보면서 눈에 보이는 모든 풍경을 벽 쪽에 누워 있는 친구에게 이야기해 주었다. 그것이 그에게는 중요한 일이었다.

"오늘은 파도가 어제보다 더 잔잔한 것 같구먼. 바람이 살랑살랑 부는 모양이야. 하얀 돛들이 아주 천천히 움직이고 있거든. 응? 공원? 공원은 아직 한산해. 그네 두 대에는 사람이 타고 있는데 나머지 두 대는 비어 있어. 어? 지난주에 공원에 왔던 커플이 또 왔네.

와아, 박태기나무는 한창 꽃을 피우고 있어. 온통 자줏빛 천지야. 자두도 새빨갛게 익었고. 아이고, 뛰어가던 아이가 넘어졌어. 다행히도 아이 엄마가 금방 달려와서 꼭 안아 주고 있어. 아이는 이제 울지 않아. 오히려 웃고 있어. 엄마가 뭐라고 했는지 금세 기분이 좋아진 모양이야.

학생들 말인가? 오늘도 모여 앉아서 책을 읽고 있어. 잠깐만, 아, 시미트(고리 모양의 터키 빵으로 겉에 깨가 뿌려져 있다.)를 파는 사람이 왔네. 학생들이 시미트 두 개를 사는군. 그걸 다섯 조각으로 나눠서 먹고 있어.

지금은 연날리기를 하는 아이들 사이에 끼어들었어. 연이 하늘 높이, 아주 높이 올라가고 있어. 아니, 돛단배들은 아직 보이지 않아. 갈매기들은 꽤나 즐거운 모양이야. 오늘은 풍선 장수도 일찍 나왔네. 파란색, 보라색, 초록색, 빨간색, 주황색…….
정말 커다란 풍선들이야."

그들의 일상은 매일 이렇게 지나갔다. 그날도 창가 쪽의 환자는 여느 때처럼 창밖의 풍경을 이야기해 주고 있었다. 그러다 갑자기 극심한 발작을 일으켰다. 벽 쪽의 환자는 당장 의사와 간호사를 부르기 위해 호출 벨을 누르려고 했다. 그때 문득 그의 머릿속을 스치는 생각 하나가 손을 멈추게 했다.

'저 친구가 죽는다면 창가에 있는 침대가 비게 된다!'

결국 그는 벨을 누르지 않았다. 의사가 제때에 오지 못하는 바람에 창가 쪽의 환자는 죽고 말았다.

다음 날, 벽 쪽에 있던 남자의 침대가 창가로 옮겨졌다. 그가 그토록 기다리던 순간이었다. 그는 기대감에 부풀어 몸을 일으켜 창밖을 내다보았다. 그러나 창밖으로 보이는 것은 시커먼 벽이었다. 단지 그것뿐이었다.

불가사리 . . 한 마리

한 작가가 글쓰기에 전념하기 위해 한적한 바닷가 마을에 머무르고 있었다. 어느 날 이른 아침, 해변으로 산책을 나갔다가 춤을 추듯 빠르게 움직이는 어떤 사람을 보았다.

그는 호기심을 누르지 못하고 그 사람 가까이로 다가갔다. 젊은 남자가 해변으로 밀려온 불가사리들을 집어서 바다로 연방 던지고 있었다.

작가가 젊은 남자에게 물었다.

"불가사리들을 왜 바다로 던지는 겁니까?"

젊은 남자가 대답했다.

"조금 있으면 해가 뜰 거예요. 그래서 바닷물이 빠져나가면 해변으로 밀려온 불가사리들은 말라 죽고 맙니다."

작가가 다시 물었다.

"세상의 모든 해변을 합치면 수천 킬로미터에 달해요. 그 해변으로 밀려온 불가사리도 수천 마리가 넘을 거고요. 당신이 그렇게 한들 달라질 게 뭐가 있겠소?"

젊은 남자는 아무 말 없이 몸을 숙이고 불가사리 한 마리를 집어 들더니 바다를 향해 힘차게 던졌다. 그러고는 이렇게 말했다.

"하지만 저 한 마리에게는 달라지는 것이 많을걸요."

수도승의 수저

어느 날, 제자가 현자에게 물었다.

"사랑을 입으로만 말하는 사람들과 그것을 직접 행하는 사람들 사이에는 어떤 차이가 있습니까?"

"그 차이를 눈앞에서 보여 주겠네."

현자는 이렇게 말한 뒤, 사랑을 말로만 떠들어 대는 사람들에게 식사를 대접하겠다는 전갈을 보냈다. 현자는 워낙에 널리 존경을 받는 사람이었던 터라, 초대를 받자마자 모두가 한달음에 달려왔다. 그들이 식탁 주위에 둘러앉자 따뜻한 수프가 담긴 접시가 나왔다. 곧이어 '수도승의 수저'라 부르는, 약 일 미터 길이의 수저가 나왔다.

현자는 식탁에 둘러앉은 사람들에게 말했다.

"여러분, 맛있게 드십시오. 그런데 이 한 가지는 꼭 지켜 주시기를 바랍니다. 수프를 먹을 때 수저의 손잡이 끝을 잡아 주세요. 꼭 손잡이 끝을 잡아야 합니다."

사람들은 의아하게 여겨졌지만, 현자의 말이기에 묵묵히 따르기로 했다. 그러나 수저의 끝을 잡고서 수프를 떠 먹으려고 하니, 여기저기 흘리기만 할 뿐 도무지 입안에 넣을 수가 없었다. 결국 그 누구도 수프를 먹지 못한 채 허탈한 마음으로 돌아가야 했다.

현자가 제자에게 말했다.

"이번에는 사랑이 무엇인지 잘 알고 실천하는 사람들을 초대하겠네."

얼마 후, 여러 명의 사람들이 들어와 식탁 주위에 둘러앉았다. 놀랍게도 그들은 모두 화사하게 밝은 얼굴에 온화한 미소를 띠고 있었으며, 눈빛은 알 수 없는 광채를 뿜어내고 있었다. 현자는 이들에게도 수프를 권하면서 수저의 끝을 잡고 먹어야 한다는 조건을 달았다.

그들 역시 처음에는 어리둥절한 표정을 지었지만, 이내 그 상황을 유쾌하게 받아들이고 좋은 방법을 생각해 냈다. 긴 수저로 수프를 떠서 맞은편에 앉은 사람에게 먹여 주었던 것이다. 이렇게 해서 모두가 배불리 식사를 마치고, 기분 좋은 포만

감을 느끼며 자리에서 일어났다.

현자는 웃으며 돌아가는 사람들의 뒷모습을 바라보며 제자에게 말했다.

"오로지 자신만을 생각하고 자기만 배불리 먹고자 한다면 그는 아무것도 얻지 못할 것이네. 하지만 다른 사람의 입장을 먼저 생각해서 배려해 준다면 그 역시 나의 입장을 생각해 주지 않겠나? 삶이라는 거대한 시장에서는 사는 사람이 아니라 파는 사람이 결국 이익을 얻게 된다네. 자네는 이 식탁에서 배불리 먹고 일어날 텐가, 아니면 한술도 뜨지 못한 채로 일어날 텐가?"

소녀의 . . 미소

소녀는 몹시 슬퍼 보이는 남자와 눈이 마주쳤다. 그러자 자기도 모르게 미소를 지어 보였다. 그 미소를 보는 순간, 남자는 마음이 한결 편안해졌다. 그리고 문득 오래전에 자신에게 선행을 베풀었던 친구가 떠올랐다. 그날 저녁, 남자는 그 친구에게 감사의 편지를 썼다.

뜻밖의 편지를 받은 친구는 기분이 무척 좋아졌다. 그래서 편지를 읽으며 식사를 했던 식당의 웨이터에게 팁을 듬뿍 주었다. 팁을 받은 웨이터는 아주 행복한 얼굴로 퇴근을 하다가 길에서 구걸하는 가난한 사람을 보았다. 그는 기꺼이 팁의 일부를 그 사람에게 나누어 주었다.

가난한 사람은 감사한 마음을 주체할 수가 없었다. 그는 이틀

동안 아무것도 먹지 못했기 때문이다. 웨이터에게 받은 돈으로 가족의 먹거리를 산 뒤 집으로 향했다. 그런데 도중에 주인을 잃은 채 길에서 떨고 있는 강아지를 발견했다. 불쌍한 마음이 들어 그 강아지를 집으로 데리고 갔다. 강아지는 추위에서 벗어난 데다 따뜻한 보살핌까지 받게 되자 아주 행복해했다.

그런데 그날 밤, 그 집에 불이 났다. 강아지는 집 안에 있는 모든 사람들이 깨어날 때까지 온 힘을 다해 거세게 짖어 댔다. 덕분에 한 명도 다치지 않고 무사히 대피할 수 있었다. 그뿐이 아니었다. 그날 목숨을 구한 아이들 중 한 명이 자라 훗날 대통령이 되었다.

이 모든 것을 가능하게 만든 것은 바로 소녀의 순수하고 따스한 미소였다.

길을 가로막은 . . 바위

어느 날, 왕이 병사들에게 궁전으로 들어오는 길 한가운데에 커다란 바위를 갖다 놓으라고 명령했다. 그러고는 궁전 창문 앞에 앉아 무슨 일이 일어나는지 지켜보았다.

이른 아침부터 많은 사람들이 궁전으로 들어왔다. 그 나라에서 가장 영향력 있는 재상을 비롯한 신하들, 부유한 상인, 농부들, 병사들 등 온갖 사람들이 드나들었다. 모두들 바위가 길에 놓여 있는 것을 이상하게 여기면서도 별말 없이 바위 주위를 빙 돌아서 오고 갔다. 몇몇 사람들은 백성들에게 그렇게 많은 세금을 거두어들이면서 길에 있는 바위 하나 치우지 않는다고 큰 소리로 왕을 비난하기도 했다.

그러던 어느 날, 행색이 허름한 농부가 그 길을 지나가게 되었다. 그는 궁전으로 채소와 과일을 가지고 오는 길이었다. 농부는 바위를 보고 순간적으로 몹시 당황했다. 그는 잠시 무언가를 생각하더니 등에 지고 있던 광주리를 바닥에 내려놓았다. 그러고는 두 팔로 바위를 감싸 안고서 있는 힘을 다해 밀기 시작했다.

농부의 온몸은 이내 땀범벅이 되었다. 그렇게 바위와 사투를 벌인 지 얼마나 지났을까? 그는 결국 바위를 가장자리로 밀어 놓는 데 성공했다. 광주리를 다시 등에 지려는 참에 바위가 놓여 있던 자리에 작은 자루 하나가 놓여 있는 것을 발견했다. 그는 얼른 그것을 살펴보았다.

놀랍게도 자루 속에는 황금이 가득 들어 있었다. 그리고 맨 위에는 왕이 직접 쓴 종이쪽지가 있었다.

> 황금이 담긴 이 자루는 바위를 길 한가운데에서 다른 곳으로 옮겨 놓은 사람의 것이다.

거지와 . . 투르게네프

이 이야기는 러시아에서 위대한 작가로 존경받는 투르게네프가 아직 유명해지기 전에 있었던 짧은 일화이다.

어느 추운 겨울날 저녁, 투르게네프는 볼일을 마친 후 집으로 돌아가고 있었다. 그런데 인적이 드문 길가에서 구걸을 하고 있는 거지와 맞닥뜨렸다.

투르게네프는 그 거지에게 뭐라도 주기 위해 호주머니를 이리저리 뒤져 보았지만 아쉽게도 동전 한 닢 나오지 않았다.

그는 거지에게 다가가 자신의 손으로 그의 차가운 손을 녹여 주면서 말했다.

"형제여, 미안하네. 자네에게 줄 것이 아무것도 없구먼."

그러자 거지가 감격한 듯 울먹이며 대답했다.

"아무것도 없다니요? 주셨습니다. 많은 것을 주셨지요. 저를 형제라 부르고, 이렇게 손도 녹여 주고 계시잖습니까?"

제2장 . . . . 관계

진정한 . . 친구

아들이 아버지에게 자랑하듯 말했다.

"아버지, 저에겐 진정한 친구가 아주 많아요!"

아버지는 고개를 절레절레 흔들었다.

"진정한 친구는 그렇게 많을 수가 없단다. 한두 명 정도면 충분하지. 그보다 많기는 참 힘들어."

두 사람은 이 문제로 한참 동안 논쟁을 벌였다. 아무리 해도 끝이 나지 않자, 진정한 친구가 몇이나 되는지 직접 시험을 해 보기로 했다.

어느 날 저녁, 아버지와 아들은 양 한 마리를 잡아 자루에 넣었다. 아버지는 아들의 어깨에 자루를 둘러메 주며 말했다.

"지금 당장 이 자루를 가지고 네가 진정한 친구라고 생각하는 이들을 찾아가거라."

양을 갓 잡아 넣은 터라 자루에서는 피가 뚝뚝 떨어졌다. 언뜻 보면 사람을 죽여서 자루에 넣은 것이라 오해할 만했다.

아들은 자루를 어깨에 둘러멘 채 가장 친하다고 믿어 의심치 않는 친구의 집으로 가서 대문을 두드렸다. 친구는 반가운 얼굴로 아들을 맞았다. 그러나 곧 피로 범벅이 된 자루를 발견하고는 사색이 되었다. 몹시 당황한 것이 틀림없었다. 그는 아무것도 묻지 않은 채 대문을 꽝 닫아 버렸다.

아들은 진정한 친구라고 믿었던 이들을 차례로 찾아갔다. 그러나 누구를 찾아가든 반응은 한결같았다. 아들은 어깨가 축 늘어진 채 집으로 돌아왔다. 친구들은 물론 자신에게도 이만저만 실망한 게 아니었다.

아들은 아버지에게 말했다.

"아버지 말씀이 맞았어요. 이 세상에 진정한 친구라는 것은 없어요!"

아버지는 단호하게 말했다.

"아니, 그렇지 않아. 너한테는 없을지 몰라도 내게는 진정한 친구가 있단다. 지금 당장 그 자루를 가지고 내가 알려 주는 집으로 가 보거라."

아들은 다시 자루를 어깨에 짊어지고 집을 나섰다. 이마에는

송골송골 땀이 맺혔다. 길을 걷는 내내 자루에서는 피가 뚝뚝 떨어졌다. 한참 만에 아들은 아버지가 말한 집에 도착해 문을 두드렸다.

아버지의 친구 역시 아들의 모습을 보고 깜짝 놀랐다. 그러나 이내 침착함을 되찾았다. 그는 아무것도 묻지 않은 채 아들을 집 안으로 들인 후 뒷마당으로 데리고 갔다. 그러고는 묵묵히 구덩이를 팠다. 사람이 들어갈 수 있을 만큼 구덩이가 깊어지자, 자루를 구덩이에 던져 넣고 흙으로 다시 덮었다. 그런 다음 어느 누구도 의심하지 않도록 그 위에 마늘을 심었다.

아들은 집으로 돌아와 아버지에게 말했다.

"아버지, 아버지의 진정한 친구는 바로 그분인 것 같아요."

"그렇게 단정 짓기에는 아직 이른 것 같구나. 내일 아침에 다시 그 친구를 찾아가라. 그가 대문 밖으로 나오면 주저하지 말고 빰을 두 대 때리거라. 그러고 나면 그가 내 진정한 친구인지 아닌지 확실히 알 수 있을 거야. 그가 무슨 말을 하는지 잘 들어 두려무나."

아들은 썩 내키지 않았지만, 어떤 사람이 진정한 친구인지 알아내기 위해 아버지가 시키는 대로 하기로 했다.

다음 날 아침, 아들은 아버지의 친구를 찾아가 대뜸 빰을 두 대 때렸다. 그러자 아버지의 친구가 말했다.

"네 아버지한테 가서 전해라. 빰 두 대에 마늘밭을 팔지는 않을 거라고 말이다."

아들의 . . 꿈

드디어 기다리던 내 아이가 태어났다. 그렇지만 아이가 세상에 나온 그때, 나는 무척 바빠서 정신이 없었다. 비행기를 절대로 놓쳐서는 안 되는 상황이었고, 그러기 위해서는 먼저 처리해야 할 서류들이 너무 많았다.

내가 먼 곳에 있는 동안 아들은 걸음마를 배웠고, 말을 시작했다. 아들이 조금 컸을 때, 내 품을 파고들며 아주 귀여운 말투로 이렇게 말했다.

"아빠, 있잖아요, 나는 이다음에 크면 아빠 같은 사람이 될 거예요."

아들이 혼자 전화를 걸 수 있을 만큼 자랐다. 아들은 종종 내 사무실로 전화를 걸어 이렇게 묻곤 했다.

"아빠, 언제 집에 와요?"

"글쎄, 언제 퇴근할지 모르겠는걸. 하지만 이따가 집에 가면 재미있게 놀아 줄게. 약속해."

그렇게 많은 세월이 지나갔다. 아들은 어느새 열 살이 되었다. 언젠가 한번은 아들에게 멋진 공을 선물로 사 주었다.

"우아, 전부터 갖고 싶었던 건데! 정말 고맙습니다. 아빠, 우리 지금 공원에 가서 공놀이해요."

"어쩌지? 이번 주말까지 꼭 끝내야 하는 일이 있단다. 오늘은 안 되니까 다음 주에 같이 놀자. 알겠지?"

"네……. 알겠어요, 아빠."

아들은 몹시 실망한 표정이었지만, 이내 미소를 머금고 이렇게 말했다.

"아빠, 난요, 이다음에 커서 아빠 같은 사람이 될 거예요."

시간은 흐르고 흘렀다. 아들은 초등학교와 중학교, 고등학교를 마치고 대학교까지 졸업했다. 아들이 다 컸다고 생각하자 나도 여느 아버지들처럼 아들에게 해 주고 싶은 말들이 이것저것 떠올랐다.

"아들아, 네가 정말 자랑스럽구나. 이리 와서 잠깐 앉아 보렴. 너한테 해 줄 말이 아주 많단다."

아들은 미소를 띤 채 고개를 저으며 말했다.

"아빠, 지금은 안 돼요. 친구들과 약속이 있거든요. 중요한 얘기 아니죠? 그럼 나중에 해요. 그건 그렇고, 자동차 키 좀 빌려 주세요."

세월은 화살같이 지나갔다. 나는 은퇴를 한 까닭에 이제는 시간이 아주 많아졌다. 아들은 다른 도시에서 좋은 직장을 얻어 바쁘게 살고 있었다.

어느 날, 나는 아들에게 전화를 걸었다.

"얼굴을 못 본 지 정말 오래됐구나. 요즘도 많이 바쁘니? 그래도 잠깐 짬을 내서 이번 주말에 집에 들르면 어떻겠니? 우리 밀린 이야기나 나누자꾸나."

"아버지, 저도 그러고 싶어요. 그렇지만…… 음, 시간을 낼 수 있는지 한번 확인해 보기는 할게요. 하지만 큰 기대는 마세요. 요즘 정말 일이 많거든요. 그래도…… 아시죠? 저도 아버지가 무척 보고 싶어요."

"알겠다……. 그럼 언제 올 수 있니?"

"글쎄요, 확실하게 알려 드리기는 힘들어요. 요즘 제가 맡은 일이 워낙 급박하게 돌아가는 상황이라서요. 아, 아버지, 지금 회의에 들어가야 하거든요. 나중에 전화할게요. 제가 집에 가면 함께 즐거운 시간을 보내도록 해요. 약속할게요."

전화 통화를 마친 후, 나는 아들이 어린 시절부터 입버릇처럼 말했던 꿈을 성공적으로 이루어 냈다는 것을 알게 되었다.
커서 아버지 같은 사람이 될 거라는 그 꿈을…….

못이 남긴..흔적

그는 성급하고 괴팍한 성격 때문에 친구들과 다툼이 잦았다. 어느 날, 보다 못한 아버지가 못이 가득 든 자루와 널빤지를 가지고 와서 아들에게 건넸다. 그러고는 친구들이나 이웃들과 다툴 때마다 널빤지에 못을 하나씩 박으라고 말했다.

첫날, 그는 널빤지에 무려 서른일곱 개의 못을 박았다. 널빤지에 박히는 못이 점점 많아지는 것을 두 눈으로 확인하자, 화가 나더라도 참아 보려고 애를 쓰게 되었다. 그러한 노력 덕분에 날이 갈수록 못을 박는 횟수가 줄어들었다.

드디어 널빤지에 못을 하나도 박지 않은 날이 찾아왔다. 그는 몹시 기뻐서 곧장 아버지에게 달려갔다. 그런데 뜻밖에도 아버지는 별로 기뻐하는 기색이 아니었다. 아버지는 그를 데리고 다시 널빤지 앞으로 갔다.

"오늘부터는 말다툼이나 싸움을 한 번도 하지 않은 날마다 이 널빤지에서 못을 하나씩 빼도록 해라."

하루하루 시간이 흘러갔다. 어느새 널빤지에 박혀 있던 못들은 모두 사라졌다. 빈 널빤지를 보며 아버지가 말했다.

"그동안 잘해 주었구나. 그런데 못을 뺀 자리를 잘 보려무나. 구멍이 꽤 많지? 맨 처음 이 널빤지를 가져왔을 때에는 아주 매끈했는데 말이다.

친구들과 말다툼을 하거나 싸움을 하다 보면 본의 아니게 나쁜 말을 퍼붓게 되지. 그 말들은 이렇게 구멍을, 그러니까 상처를 남기는 거란다. 누군가 먼저 사과를 하면 자연스레 화해를 하겠지. 그러고는 아무 일 없다는 듯 잘 지내게 될지도 몰라. 하지만 그 구멍은 여전히 남아 있게 되는 거야.

좋은 친구는 귀한 보석 같은 거란다. 너를 웃게 만들 뿐만 아니라, 고난이 닥쳐와 두려움에 떨 때에는 용기를 주지. 도움이 필요한 경우에는 두말없이 손을 내밀고 말이야. 게다가 고민이 있을 때에는 언제든 털어놓을 수 있잖니? 네 곁에 마음을 활짝 열어 보일 수 있는 누군가가 있다는 게 얼마나 좋은 일이냐?"

메아리 . .

소녀는 아버지와 함께 숲 속을 산책하고 있었다. 오래간만에 아버지와 함께하는 시간이 즐거운지 소녀는 쉴 새 없이 재잘대며 걸었다. 그러다가 작은 돌부리에 발이 걸려 넘어지면서 "으앗!" 하고 비명을 질렀다. 그런데 곧바로 앞에 있는 산 쪽에서 "으앗!" 하는 소리가 들려왔다. 소녀는 깜짝 놀라 소리쳐 물었다.

"넌 누구니?"

그러자 소녀의 물음과 똑같은 대답이 들려왔다.

"넌 누구니?"

소녀는 그 대답에 짜증이 나서 소리쳤다.

"이런 겁쟁이!"

이번에도 돌아오는 소리는 같았다.

"이런 겁쟁이!"

소녀는 아버지에게 물었다.

"아빠, 어떻게 된 거예요? 누가 내가 하는 말을 따라 해요."

아버지는 미소를 지으며 말했다.

"아빠가 하는 거 한번 볼래?"

그러고는 산을 향해 힘껏 소리쳤다.

"난 널 정말 좋아해!"

돌아오는 소리도 똑같은 말을 했다.

"난 널 정말 좋아해!"

아버지는 또 소리쳤다.

"넌 아주 멋져!"

"넌 아주 멋져!"

소녀는 무척 놀랐다. 하지만 여전히 그 상황을 이해할 수 없었다. 그러자 아버지는 어린 딸의 머리를 쓰다듬으며 말했다.

"얘야, 저것은 메아리라는 거야. 네가 크게 소리를 지르면 그 소리가 사방으로 울려 퍼지다가 높다란 산에 부딪혀서 네게 되돌아오는 거지. 그런데 메아리는 바로 우리의 인생을 그대로 보여 주기도 해. 너한테는 조금 어려운 얘기일 수도 있겠다만, 인생은 항상 네가 준 것을 되돌려 준단다.

사랑받고 싶다면 네가 먼저 더 많이 사랑해야 한단다. 따뜻

한 정을 느끼고 싶다면 네가 더 많은 정을 나누어 주어야 하지. 존경을 기대한다면 네가 먼저 사람들을 존경하고 존중해야 한단다. 사람들이 너의 단점까지도 이해해 주고 참아 주기를 바란다면 네가 먼저 인내하고 이해하는 법을 배워야 하는 거야.

알겠니? 인생은 우연한 방향으로 흘러가는 게 아니란다. 우리가 한 행동을 그대로 반영하는 거울인 셈이지. 앞으로 펼쳐질 네 인생에서 이 사실을 잊지 않고 산다면 좋겠구나."

한 . . 시간

지친 몸을 이끌고 퇴근해 집에 도착했을 때, 여섯 살짜리 아들이 문 앞에서 그를 기다리고 있었다. 아들이 반갑게 맞으며 물었다.

"아빠, 일을 하면 한 시간에 얼마나 버는 거예요?"

그는 그렇지 않아도 몹시 피곤했던 터라 귀찮다는 듯 건성으로 대답했다.

"그건 네가 신경 쓸 일이 아니야."

아들은 끈질기게 물었다.

"아빠, 알려 주세요, 제발요. 정말 궁금해요."

"대체 그런 게 왜 알고 싶은 거니? 정 그러면 알려 주마. 내가 일하는 시간을 돈으로 따지자면…… 한 시간에 이십 달러를 버

는 꼴이 되겠구나."

그러자 아들은 이렇게 부탁했다.

"그러면 나한테 십 달러만 빌려 주실래요?"

그는 갑자기 짜증이 솟구쳐 올라 버럭 소리를 질렀다.

"쓸모없는 장난감 따위나 사는 데 쓸 돈은 없어! 당장 안으로 들어가라!"

아들은 시무룩한 표정이 되어 조용히 자기 방으로 들어갔다.

한 시간쯤 지났을 때, 그는 문득 아들에게 왜 돈을 달라고 했는지 물어보지 않았다는 사실이 떠올랐다. 어쩌면 아들은 그 돈이 정말로 필요했을지도 몰랐다. 그는 아들 방으로 가 노크를 하고 조심스레 문을 열었다. 아들은 침대에 누워 있었다.

"자니?"

"아니요."

"자, 여기 있다, 십 달러! 아까 화내서 미안하구나. 오늘은 아주 힘든 하루였거든."

아들은 기뻐서 소리쳤다.

"아빠, 고마워요!"

그러고는 베개 밑에서 꾸깃꾸깃한 지폐 몇 장을 꺼내 천천히 세어 보았다. 그는 그 모습을 보자 또다시 화가 치밀어 올라 매섭게 물었다.

"돈이 있는데 왜 또 달라고 한 거냐?"

아들은 돈을 그에게 내밀면서 말했다.

"돈이 모자랐거든요. 아빠, 여기 이십 달러요! 이제 나하고 한 시간 동안 놀아 줄 수 있죠?"

현자의 . . 재단사

누군가가 현자에게 물었다.

"어르신은 세상에서 어떤 사람을 가장 좋아하십니까?"

"나는 내가 단골로 이용하는 재단사를 가장 좋아하네."

사람들은 깊은 의미가 담긴 오묘한 답을 기대하고 있었다가 막상 현자의 답을 듣고는 실망감을 감추지 못했다.

"어르신! 이 세상에 멋지고 훌륭한 사람이 얼마나 많은데, 고작 재단사를 가장 좋아하신다니요? 하고많은 사람들 중에 왜 하필 재단사입니까?"

현자가 대답했다.

"여보게들, 누가 뭐래도 나는 내 재단사가 이 세상에서 제일 좋다네. 그는 내가 찾아갈 때마다 내 몸의 치수를 다시 재 주거든. 하지만 다른 사람들은 그렇지 않다네. 나에 대해서 어떤 평가를 내리고 나면 죽을 때까지 나를 그 틀 안에 가두어 둔 채 똑같은 시선으로만 본다네."

학습된 . . 무능

어떤 실험실에서 실험을 했다. 먼저 커다란 수족관에 큰 물고기와 작은 물고기를 함께 넣어 두고 관찰을 했다. 큰 물고기들은 배가 고플 때마다 작은 물고기들을 먹어 치웠다. 작은 물고기의 수는 순식간에 줄어들었다.

다음에는 수족관 가운데에 유리 칸막이를 설치한 다음, 큰 물고기와 작은 물고기를 따로 넣었다. 큰 물고기는 작은 물고기를 먹기 위해 몇 번이고 유리 칸막이 쪽으로 돌진했다. 그때마다 유리 칸막이에 부딪혔지만 조금도 아랑곳하지 않았다.

스물여덟 시간이 지나자 큰 물고기의 시도 횟수가 점점 줄어들었다. 그러다 어느 순간부턴 아예 그만두었다.

마지막으로 유리 칸막이를 제거해 보았다. 놀랍게도 큰 물고기는 작은 물고기를 먹기 위해 그 어떤 시도도 하지 않았다. 몇 시간이 지나도 마찬가지였다. 이러한 현상을 심리학에서는 '학습된 무능'이라고 부른다.

제3장 . . . 지혜

선물은 . . 누구의 것이 될까?

옛날 어느 나라에 모든 사람이 우러러보는 위대한 무사가 살고 있었다. 그는 어느 정도 나이가 들자 더 이상 검을 잡지 않았다. 그저 젊은이들을 모아 놓고 학문과 지혜를 가르치면서 전성기 때와 다름없이 정열적으로 지내고 있었다. 사람들은 그가 나이를 먹긴 했어도 아직까지는 그 누구에게도 지지 않을 만큼 강하다고 믿었다.

어느 날, 이 마을에 무자비하기로 소문난 젊은 무사가 찾아왔다. 그는 상대방의 화를 돋우는 재주가 있었다. 온갖 말로 자존심을 건드리며 화를 돋우는데, 대부분의 사람들은 이성을 잃고 달려들었다. 흥분을 하면 실수를 하게 마련이었다. 그는 그 순간을 놓치지 않고 잽싸게 공격해 상대방을 누르곤 했다. 이런 재주 덕분인지 젊은 무사는 지금까지 그 누구에게도 진 적이 없었다.

그는 어렸을 때부터 늙은 무사의 명성을 들었다. 스스로의 실력에 자신감이 생기자, 바야흐로 늙은 무사를 꺾고 자신의 이름을 온 나라 곳곳에 널리 알리겠다는 야심을 품고 이곳에 온 것이었다.

늙은 무사의 제자들은 하나같이 이 대결을 강하게 반대했다. 그러나 늙은 무사는 무슨 생각에서인지 젊은 무사의 도전을 흔쾌히 받아들였다.

결전의 아침이 밝아 왔다. 동이 트자마자 마을 사람들이 하나둘 대결 장소로 모여들었다. 마침내 늙은 무사가 나타났다. 미리 기다리고 있던 젊은 무사는 예상대로 모욕적인 말을 내뱉기 시작했다.

그런데 놀랍게도 늙은 무사는 아무런 반응을 보이지 않은 채 그저 가만히 듣고만 있었다. 젊은 무사는 그에게 돌을 던지고, 침을 뱉으며, 차마 입에 담을 수 없는 욕설을 퍼부었다. 심지어 늙은 무사의 말(馬)에게도 욕을 해 대었다.

젊은 무사는 늙은 무사의 심기를 자극하기 위해 몇 시간 동안 안간힘을 썼다. 하지만 늙은 무사는 아무런 대꾸도 하지 않고 조용히 앉아 있었다. 어느덧 한낮이 되었지만 상황은 조금

도 변하지 않았다. 젊은 무사는 점점 지쳐 갔다. 하늘을 찌를 듯 오만했던 기세도 눈에 띄게 사라졌다. 그는 더 이상 참지 못하고 그 자리를 박차고 나갔다.

늙은 무사의 제자들은 실망스런 표정을 감추지 못했다. 그동안 존경해 마지않았던 스승이 새파랗게 젊은 사람에게 그토록 모욕을 당하면서도 대꾸 한마디 하지 않다니……. 도무지 이해할 수 없는 일이었다.

젊은 무사가 떠난 후, 제자 한 명이 분한 표정을 숨기지 못한 채 물었다.

"스승님, 저런 모욕을 왜 참고 계셨습니까? 아무리 질 게 뻔히 보이는 싸움이라도, 일단 검은 한번 휘둘러 봐야 하는 것 아닌가요? 왜 겁쟁이 같은 모습을 보이셔서 스승님을 따르는 저희까지 수치스럽게 만드시는 겁니까?"

늙은 무사는 나직한 목소리로 대답했다.

"누군가 자네들에게 줄 선물을 가지고 왔다고 치세. 그런데 자네들이 그것을 받지 않는다면 그 선물은 누구의 것이 되겠는가?"

"그거야 당연히 선물을 주려고 한 사람의 것이 되겠지요."

늙은 무사는 미소를 지으며 말했다.

"그래, 바로 그거야. 선물을 받지 않으면 그 선물은 결국 가져온 사람이 다시 가져가게 되어 있지. 질투나 분노, 모욕 같은 것도 선물과 다르지 않다네."

세 개의 . . 조각상

서로 이웃하고 있는 두 나라가 있었다. 두 나라의 왕은 서로를 몹시 미워하거나 전쟁을 일으킬 만큼 사이가 나쁘지는 않았다. 그러나 종종 사사로운 일로 시비를 걸어 상대방을 불편하게 하곤 했다. 예를 들어 생일이나 명절이 다가오면 자신이 더 영리하다는 것을 보여 주기 위해 특이한 선물을 하려고 애를 쓰는 식이었다.

어느 날, 한쪽 나라의 왕이 그 나라에서 가장 유명한 조각가를 불렀다. 왕은 조각가에게 황금으로 사람의 형상을 세 개만 만들라고 명령했다. 세 개의 조각상은 겉으로 보기에 조금의 차이도 없이 똑같아야 한다고 했다. 물론 이 조각상들 사이에는 눈에 보이지 않는 미묘한 차이가 있었다. 그러나 그 차이는 왕과 조각가만이 알고 있는 비밀이었다.

조각상이 완성되자, 왕은 그것을 이웃 나라 왕에게 생일 선물로 보냈다. 선물 상자 속에는 다음과 같은 편지를 넣었다.

> 생일을 진심으로 축하합니다. 축하의 마음을 담아 우리 나라 최고의 조각가가 만든 황금 조각상을 선물로 보냅니다. 이 세 개의 조각상은 겉으로 보기에 모두 똑같아 보일 겁니다. 하지만 하나는 다른 두 개보다 훨씬 더 가치가 있는 것이지요. 만약 그 하나를 찾게 된다면 내게 소식을 전해 주십시오.

이웃 나라 왕은 편지를 읽자마자 곧바로 더 가치 있는 조각상을 찾기 시작했다. 가장 먼저 황금 조각상을 하나씩 저울에 쟀다. 조각상들은 한 치도 틀림없이 무게가 같았다. 왕은 즉시 각 분야에서 전문가라고 자처하는 사람들을 궁전으로 불러들였다. 하지만 어느 누구도 세 개의 조각상에서 차이점을 발견하지 못했다.

며칠이 지났다. 왕의 고민은 나라 곳곳으로 널리 퍼졌다. 그러나 마땅한 해결책을 내놓는 사람은 아무도 없었다. 소문은 감옥에 갇혀 있던 한 청년의 귀에도 들어갔다. 이 청년은 왕의 계획에 공개적으로 반기를 드는 바람에 왕의 미움을 사서 감옥

에 갇힌 터였다.

청년은 간수를 시켜 왕에게 해결책이 있다는 말을 전했다. 왕은 잠시 고민에 빠졌다. 그러나 뾰족한 수가 없었기에 청년을 데려오라고 명령했다. 청년은 조각상들을 세밀하게 관찰했다. 그러더니 아주 가느다란 철사를 가져다 달라고 했다.

청년이 철사를 첫 번째 조각상의 귀에 넣었다. 철사는 조각상의 입으로 나왔다. 두 번째 조각상의 귀에도 철사를 넣으니 이번에는 반대편 귀로 나왔다. 세 번째 조각상의 귀에도 철사를 넣었다. 그러나 철사는 그 어떤 곳으로도 나오지 않았다. 철사는 심장까지 간 뒤 더 이상 움직이지 않았다. 그것을 본 왕은 당장 이웃 나라 왕에게 답장을 썼다.

귀로 들어간 말을 입으로 내뱉는 사람은 귀한 사람이 아닙니다. 비밀을 지키지 않는 사람이니까요. 한쪽 귀로 들어간 말이 다른 쪽 귀로 나온다면, 조언을 듣지 않는 사람이니 그 역시 귀한 사람이 아닙니다. 가장 귀하고 가치 있는 사람은 귀로 들어간 말을 가슴에 묻는 사람입니다. 그는 조언을 가슴에 새기는 사람이니까요. 이렇듯 귀하고 의미 있는 선물을 보내 주셔서 진심으로 감사드립니다.

유리병 . . 채우기

어느 학교에서 시간을 유용하게 쓰는 비결에 관한 강좌를 마련했다. 그 강좌 중 하나에 시간 사용 전문가가 강사로 초빙되었다. 강의실에 들어선 강사는 잠시 동안 말없이 학생들을 둘러보다가 입을 열었다.

"지금 여러분 앞에서 작은 실험을 하겠습니다."

강사는 책상 위에 커다란 유리병을 올려놓았다. 그러고는 바닥에 놓인 자루에서 주먹만 한 돌을 꺼내 조심스럽게 유리병 안에 채워 넣기 시작했다. 유리병이 꽉 차자 그는 학생들에게 물었다.

"이 유리병이 꽉 찼습니까?"

학생들은 한목소리로 대답했다.

"네!"

"진짜로 꽉 찼단 말이지요?"

강사는 이렇게 되묻더니 다른 자루에서 작은 자갈을 꺼내 유리병 안에 넣었다. 그런 다음 유리병을 좌우로 가볍게 흔들자 작은 자갈들이 큰 돌들의 틈새로 들어갔다. 그는 다시 학생들에게 물었다.

"지금, 병이 꽉 찼습니까?"

학생들은 문제가 생각만큼 쉽지 않다는 것을 눈치챘다. 누군가 대답했다.

"완전히 꽉 찬 건 아니에요."

"좋아요!"

강사의 목소리가 높아졌다. 그는 책상 밑에서 모래가 가득 든 양동이를 꺼냈다. 그러고는 모래를 유리병에 부었다. 모래는 돌과 자갈들 사이로 부드럽게 흘러 들어갔다. 강사가 또 물었다.

"이제 꽉 찼습니까?"

"아니요!"

"브라보!"

강사는 환하게 웃었다. 그러더니 이번에는 책상 밑에서 물주전자를 꺼내서 유리병의 목까지 물을 부었다. 학생들은 숨을 죽인 채 그 모습을 지켜보았다. 유리병이 가득 채워지자 강사가 학생들에게 말했다.

"지금 여러분은 유리병을 채우는 여러 과정을 보았습니다. 이 실험에서 여러분은 어떤 의미를 찾아냈습니까?"

의욕이 넘쳐 보이는 한 학생이 손을 들고 말했다.

"일상이 아무리 바쁘다 하더라도 새로운 일을 위해서 낼 수 있는 시간은 얼마든지 있다는 교훈입니다."

"그것도 틀린 말은 아닙니다. 하지만 그보다 더 큰 의미가 있어요. 처음에 큰 돌을 유리병에 넣지 않는다면, 나중에는 절대 넣을 수 없다는 사실입니다."

강사는 잠시 말을 멈추었다. 그러고는 강의실을 천천히 둘러본 뒤 다시 입을 열었다.

"여러분의 인생에서 큰 돌은 어떤 것입니까? 그것을 맨 처음 유리병에 넣을 건가요? 아니면 유리병을 자갈이나 모래, 물로만 가득 채우고 큰 돌은 그냥 밖에 둘 겁니까?"

현자와 . . 개

어느 현자가 고요한 연못을 바라보며 쉬고 있었다. 그때 어디에선가 개 한 마리가 나타나 연못가로 다가왔다. 개는 금방이라도 쓰러질 듯 헉헉거리며 연못가를 서성거렸다. 물을 마시려 하다가 뭔가를 보고는 화들짝 놀라 도망치곤 했다.

현자는 처음에 그 모습을 대수롭지 않게 여겼다. 그런데 개가 자꾸만 같은 행동을 반복하자 도대체 무엇 때문에 그러는 건지 궁금해졌다. 그는 개를 유심히 살펴보았다.

개는 연못에 비친 자신의 모습에 두려움을 느끼고 있었다. 그래서 목이 말라 괴로워하면서도 물을 마시지 못하고 도망치기를 반복했다. 개는 자신의 모습과 한참 동안 실랑이를 벌였다. 그러다가 어느 순간, 더 이상 참기 힘들었는지 연못으로 풍덩 뛰어들었다. 그 바람에 자신의 모습이 산산이 부서지자, 비로소 물을 실컷 마실 수 있었다.

그 순간 현자는 깨달았다.

"마음이 과장하는 두려움이 간절히 바라는 것을 이루지 못하게 하는구나. 이 마음을 극복할 때 원하는 것을 얻을 수 있다."

그러나 조금 더 깊이 생각하자, 그 작은 일화에서 그보다 더 중요한 교훈을 얻었다는 사실을 깨달았다. 한낱 개에게서조차 배울 것이 있다는 사실이었다.

사막에서 만난 . . 남자

베두인족(시리아, 북아프리카 등지의 사막에서 유목 생활을 하는 아랍 인) 사내가 낙타를 타고 사막을 지나가다가 길을 잃고 헤매던 남자를 발견했다. 그는 심한 갈증으로 입술이 다 터져 있었고, 금방이라도 쓰러질 듯 지친 모습이었다. 그는 베두인족 사내를 보자마자 반가운 기색을 보이며 물을 좀 달라고 사정했다.

베두인족 사내는 얼른 낙타에서 내려 그에게 물병을 건네주었다. 남자는 한참이나 물을 벌컥벌컥 들이켰다. 물을 다 마신 후 아주 잠깐 동안 머뭇하더니, 갑자기 베두인족 사내를 밀어 자빠뜨리고 낙타에 훌쩍 올라탄 뒤 도망치기 시작했다. 그러자 베두인족 사내가 그를 향해 소리쳤다.

"그래요, 낙타를 가지고 가시오. 하지만 부탁 하나만 하겠소.

이 일을 절대 아무한테도 말하지 마시오!"

순간 남자가 멈칫했다. 이해하기 힘든 말이었기 때문이다. 그는 낙타를 돌려 아까 그 자리로 돌아와 그렇게 말한 이유를 물었다. 베두인족 사내가 대답했다.

"만약에 당신이 오늘 있었던 일을 다른 사람들에게 떠들고 다닌다면, 그 이야기는 금세 사방으로 퍼질 거요. 그러면 사람들은 사막에서 도움이 필요한 이를 발견해도 절대로 도와주지 않을 겁니다. 그 때문이오."

첫걸음 . .

한 청년이 현자의 제자가 되고 싶어서 고심을 하다가 어렵사리 용기를 내어 그를 찾아갔다. 현자가 청년에게 말했다.

"내 제자가 되는 길은 결코 쉽지 않다네. 아마도 성공하지 못할 걸세."

"자신 있습니다. 무슨 일이든 다 해낼 준비가 되어 있어요."

청년의 의지는 확고했다. 현자는 잠시 생각에 잠겼다. 그러더니 자신의 제자가 되기 위해서는 먼저 정신적인 수련을 해야 한다고 말했다.

"자네가 앞으로 일 년 동안 수행해야 할 과제를 내 주겠네. 만약 누군가 자네를 화나게 하면 그때마다 그 사람에게 일 리라를 주게나."

청년은 현자가 내 준 과제를 충실히 이행했다. 일 년은 금세 지나갔다. 약속한 일 년을 다 채운 후, 청년은 현자를 찾아가 다음 과제가 무엇인지 물었다. 현자는 조금 엉뚱한 일을 시켰다.

"시내에 가서 먹을 것을 좀 사다 주게."

청년은 부리나케 달려 나갔다. 그러자 현자는 재빨리 거지로 분장을 한 뒤 시내로 향했다. 그는 지름길로 부지런히 달려가 청년보다 먼저 시내에 도착했다. 그러고는 청년이 꼭 지나가게 되어 있는 길목에 앉아 그를 기다렸다.

예상했던 대로 청년이 나타났다. 청년이 앞을 지나가는 순간, 거지로 분장한 현자는 그에게 입에 담기 힘든 욕설을 퍼붓기 시작했다. 그 소란에 길을 가던 사람들이 발길을 멈추고 모여들었다. 그런데 청년은 전혀 화가 난 얼굴이 아니었다. 오히려 가벼운 미소를 지으며 침착하게 말했다.

"정말 기분이 좋네요. 지난 일 년 동안은 내게 모욕을 준 사람들에게 돈을 주어야만 했는데, 이제는 그럴 필요가 없으니 얼마나 다행인지 모릅니다."

그러자 갑자기 거지가 옷을 벗기 시작했다. 영문을 몰라 어리둥절해하는 청년 앞에 현자가 모습을 드러냈다.

"다른 사람들이 자신에 대해 이러쿵저러쿵 말하는 것을 신경 쓰지 않게 되었으니, 이제 현자가 되는 첫걸음을 내디딘 셈이

네. 첫걸음을 훌륭하게 내딛어 주어 고맙구먼. 앞으로도 자네는 사람들의 모욕 따위에 굴하지 않고 자신이 옳다고 생각하는 길을 의연하게 찾아갈 거라 믿네."

꿈 . . 풀이

지난밤에 술탄(이슬람 국가의 군주)은 자신의 앞니 여러 개가 뒤쪽으로 밀리면서 쑥 빠지는 꿈을 꿨다. 다음 날 아침, 그는 잠에서 깨자마자 꿈 풀이하는 사람을 불렀다. 꿈자리가 사나워 몹시 불쾌하고 찜찜한 기분이었다.

얼마 후, 해몽가가 궁으로 들어왔다. 술탄은 해몽가에게 꿈 내용을 들려주고는 꿈 풀이를 부탁했다.

해몽가가 말했다.

"위대한 술탄이시여! 그 꿈은 술탄께서 아드님들이 먼저 세상을 떠나는 것을 볼 정도로 오래 살 것이라고 예언하는 꿈입니다."

술탄은 자식들이 자신보다 일찍 죽는다는 말에 화가 나서 다

른 말은 귀에 들리지도 않았다. 그는 분노에 찬 나머지, 해몽가를 당장 감옥에 가두라고 명령했다. 그러고는 꿈 풀이하는 또 다른 사람을 부르라고 했다.

두 번째 해몽가는 술탄의 꿈 이야기를 듣고 이렇게 말했다.

"위대한 술탄이시여! 신께서 대단한 은총을 내려 주신 모양입니다. 술탄께서는 자식들이 행복하게 사는 것을 모두 지켜보면서 오래오래 천수를 누리실 겁니다."

술탄은 몹시 기뻐하며 크게 웃었다. 그러고는 그에게 금화 한 주머니를 하사했다.

사실 꿈을 해몽한 두 사람은 같은 내용을 말한 것이었다. 하지만 첫 번째 사람은 언어의 섬세함을 살리지 않은 채 사실 그대로를 거칠게 말해 버렸다. 반면 두 번째 사람은 인간의 감정을 잘 파악하고서 섬세하고 노련한 방식으로 대답했던 것이다.

세계 . . 지도

그는 일주일 내내 고된 업무에 시달린 탓에 몸과 마음 모두 몹시 피곤했다. 일요일 아침, 몸은 여전히 무거웠지만 그날 하루는 종일 게으름을 피우며 집에서 쉴 수 있다는 생각에 기분이 좋아졌다. 그는 거실 소파에 앉아 느긋하게 신문을 집어 들었다. 그때 아들이 뛰어 들어와 밝은 얼굴로 물었다.

"아빠, 언제 갈 거예요? 지금 가요?"

그제야 그는 이번 일요일에 놀이공원에 가기로 아들과 약속했던 사실이 떠올랐다. 하지만 오늘만큼은 정말로 마음 편히 쉬고 싶었다. 그는 그럴듯한 핑계를 찾기 위해 두리번거렸다. 바로 그때 신문사에서 판촉용으로 만들어 신문에 끼워 배포한 세계 지도가 눈에 띄었다. 그는 그 세계 지도를 잘게 찢어 아들

에게 내밀었다.

"이 지도를 원래대로 맞출 수 있겠니? 다 맞추고 나서 놀이공원에 가자꾸나."

아들은 찢어진 지도 조각을 조심스레 두 손에 모아 들고 자기 방으로 향했다. 그는 그 모습을 바라보며 생각했다.

'아휴, 벗어났다! 저렇게 제멋대로 찢어진 지도를 누가 제대로 맞출 수 있겠어?'

십 분쯤 지났을까? 놀랍게도 아들이 다시 거실로 뛰어 들어왔다.

"아빠, 다 맞췄어요. 이제 얼른 놀이공원에 가요!"

그는 깜짝 놀라 지도를 들여다보았다. 테이프로 이어 붙여 지저분하기는 했지만, 정말로 온전하게 맞춰져 있었다. 그는 어떻게 그렇게 빨리 맞출 수 있었느냐고 물었다. 아들은 또박또박 대답했다.

"아빠가 준 지도 뒤에 어떤 사람의 사진이 있더라고요. 그 사람의 모습을 원래대로 맞췄더니 세계 지도도 저절로 바로잡히던걸요."

보물 상자의 . . 비밀

알리는 아주 어렸을 때부터 할아버지에게서 아주 특별한 보물에 대한 이야기를 들으며 자랐다. 바로 황금으로 가득 찬 상자에 관한 이야기였다. 그런데 이 보물을 찾는 방법이 남달랐다. 여느 보물 이야기에 등장하는 비밀스런 지도 따위로 찾을 수 있는 게 아니었다. 각기 다른 마흔 개의 생명체에게 마흔 번의 선행을 베푸는 사람만이 그 보물에 다가갈 수 있다고 했다.

그 이야기는 알리에게 깊은 인상을 심어 주었다. 알리는 할아버지가 돌아가신 후에도 그 이야기를 잊지 않고 종종 되새기곤 했다. 그러던 어느 날, 결코 쉽지 않은 일이지만 보물 상자를 찾겠다고 마음먹기에 이르렀다.

삼 년 동안, 알리는 선행을 베풀기 위해 많은 노력을 기울였

다. 가장 먼저 마흔 그루의 묘목을 심었다. 가난한 아이 마흔 명에게 옷을 주었다. 병원에 자원 봉사를 하러 가서 마흔 명의 환자를 돌봐 주었다. 거동이 불편한 노인 마흔 명을 도와주었다.

이런저런 선행 덕분에 알리는 주변 사람들에게 신망을 얻기 시작했다. 그리고 오래 지나지 않아 모두에게 사랑받는 존재가 되었다. 그도 이렇게 사랑받는 것이 좋아서 꼭 보물을 찾는 데 도움이 되는 일이 아니라 할지라도 나서서 솔선수범하곤 했다. 덕분에 그는 '성인 알리'라는 이름으로 널리널리 알려졌다.

어느새 알리는 정확히 서른아홉 번째 선행을 마쳤다. 이제 마지막 한 번의 선행을 하고 나면 보물 상자를 찾을 수 있을 것이었다. 그런데 지금까지 자신이 한 일 말고 또 다른 새로운 일이 무엇이 있는지 도무지 떠오르지 않았다. 몇 주 동안 고심하고 고심했지만 답을 찾을 수 없었다.

알리는 혼자서만 고민해서는 답을 얻지 못할 거라는 생각이 들었다. 그래서 지나가는 사람들에게서 도움을 얻고자 거리로 나섰다. 그는 사람마다 붙잡고 자신이 마지막으로 할 수 있는 선행이 무엇인지 물었다. 그러나 대부분 그가 미친 것이라 생각하며 피해 버리기 일쑤였다. 간혹 친절하게 대답을 해 주는 사람들이 있긴 했지만, 대개는 그가 했던 일 중 한 가지를 말해 줄 뿐이었다.

그날 밤도 알리는 잠을 이루지 못하고 밖으로 나가 길가에 앉아 있었다. 하늘에는 무수한 별들이 반짝거렸고, 커다란 보름달이 주위를 환하게 밝혀 주었다. 그는 먼 곳을 바라보며 생각에 잠겼다. 멀리 떨어진 집에서 불빛 한두 개가 깜박였다. 가끔씩 컹컹 개 짖는 소리도 들려왔다. 바로 그때 누군가가 말을 걸었다.

"이보게, 날 좀 도와주겠나?"

알리는 깜짝 놀라며 목소리가 들리는 곳으로 몸을 돌렸다. 새하얗고 풍성한 수염을 가슴까지 늘어뜨린 노인이 서 있었다. 노인은 등에 지고 있던 자루를 천천히 바닥에 내려놓으면서 지친 목소리로 말했다.

"이보게, 이 자루를 언덕 위에 있는 우리 집까지 가져가야 하는데, 너무 지쳐서 도저히 들고 갈 수가 없네. 무거운 자루를 지고 하루 종일 걸어 왔더니 몹시 고되구먼. 부탁인데, 이 자루를 우리 집까지 들어다 줄 수 있겠나?"

순간, 알리는 몇 달 동안 고심했던 마지막 선행을 할 기회가 왔다는 생각에 가슴이 뛰었다. 하지만 곧이어 다른 생각이 떠올라 망설여졌다. 왜냐하면 그 일은 마흔 개의 생명체에게 해야 하는 일인데, 앞에 있는 사람은 단 한 명이었기 때문이다. 그러나 알리는 이내 마음을 고쳐먹고 노인에게 말했다.

"알겠습니다. 제가 도와드릴게요."

그러고는 자루를 번쩍 들어 등에 진 뒤 성큼성큼 앞서 걷기 시작했다. 노인은 그의 뒤를 따라가며 물었다.

"그런데 자네, 아까 거기에 앉아서 무슨 생각을 그리 골똘히 하고 있었나?"

"들으시면 놀라실걸요?"

알리는 할아버지에게 들었던 보물 이야기와, 그것을 찾기 위해 그동안 자신이 해 왔던 일들을 자세히 이야기해 주었다. 노인은 잔잔한 미소를 지으며 이야기를 듣다가 이렇게 물었다.

"보물 상자가 자네에게 그렇게 중요한가?"

"물론이죠. 어렸을 때부터 지금까지 그 보물 상자를 찾는 꿈을 꾸며 살아온걸요. 하지만 마흔 번째 선행으로 할 수 있는 일이 무엇인지 도무지 찾을 수가 없어요."

"흠……, 그렇구먼."

노인은 혼잣말처럼 중얼거리다가 다시 물었다.

"자네는 정말로 그 이야기 속 보물 상자가 실제로 존재할 거라고 생각하나? 이야기는 그저 이야기일 뿐일 수도 있잖은가?"

알리는 자못 진지한 얼굴로 대답했다.

"할아버지가 그렇게 말씀하셨다면 그건 옳은 겁니다. 할아버지는 절대로 거짓말을 하실 분이 아니에요. 보물 상자는 분명

존재합니다. 그리고 그것을 찾는 방법은 할아버지가 말씀하신 그 방법뿐이고요."

그러자 노인은 빙그레 웃으며 말했다.

"자네, 내일 저녁까지 나와 함께 있어 주겠나? 그러면 자네가 마흔 번째 선행을 할 수 있도록 내가 돕겠네."

알리는 노인의 제안을 기쁘게 받아들였다. 두런두런 이야기를 나누며 한참을 걷다 보니 어느새 언덕에 있는 오두막집에 도착했다. 노인은 문을 열고 안으로 들어가 한구석에 자루를 내려놓게 했다. 그러고는 먹을거리를 준비해 요기를 하게 하고, 잠자리를 마련해 주었다.

"내일 아침 일찍 일어나서 할 일이 있으니, 잠을 푹 자 두게."

알리는 노인이 시키는 대로 일찌감치 잠자리에 들었다.

다음 날 아침, 노인은 자루를 알리의 등에 올려 주고는 언덕 아래에 있는 마을로 데려갔다. 꽤 이른 시각이어서 그런지 거리에는 사람의 그림자 하나 눈에 띄지 않았다.

노인은 알리를 이끌고 집집마다 다니면서 자루에서 꾸러미 하나씩을 꺼내 대문 앞에 놓았다. 이런 식으로 정확히 마흔 집을 돌아다녔다. 마지막 집의 대문 앞에 꾸러미를 내려놓은 뒤, 노인은 알리를 바라보며 말했다.

"이제 자네가 원하는 대로 되었네."

알리는 아까부터 궁금하게 여겼던 것을 물어보았다.

"그 꾸러미 안에 대체 무엇이 들어 있습니까?"

"책이 들어 있다네. 그런데 모두 같은 책이 아니야. 각 집마다 그곳에 사는 사람들에게 필요한 책을 넣었지. 예를 들면 매정한 사람의 집 앞에는 동정심과 관련된 책을, 구두쇠 여인의 집 앞에는 관대함에 관한 내용이 담긴 책을 놓아두었네. 또 불구가 되는 바람에 모든 것을 자포자기해 버린 아이의 집 앞에는 그 아이가 아직 얼마나 많은 것을 갖고 있는지 깨닫게 할 수 있는 책을 두었지.

이렇게 해서 우리는 정확히 마흔 명에게 선행을 한 셈이야. 마지막 마흔 번째 선행을 했으니 자네는 보물 상자를 찾을 수 있겠지. 자, 받게. 이건 어젯밤에 우리가 머물렀던 오두막집의 열쇠라네. 지금 가서 책상 밑을 파 보게나. 거기에 자네가 그토록 원하던 것이 있을 거야."

그순간 알리는 자신의 귀를 의심했다. 정말로 보물 상자를 찾게 된다는 사실이 믿기지 않았다. 그러나 노인의 진지한 표정을 보고 환호성을 올렸다.

"드디어 꿈을 이루었어!"

그는 당장 열쇠를 들고 오두막집을 향해 뛰어갔다. 집 안으로 들어가자마자 곡괭이를 찾아 노인이 말한 곳을 열심히 팠다. 얼마나 팠을까? 정말로 그곳에 상자가 있었다. 황금이 가득 들어 있는……. 그는 터질 듯한 가슴을 간신히 진정시키며 황금을 자루에 담았다. 자루를 어깨에 둘러메고 언덕 아래로 내려가니 노인이 그를 기다리고 있었다.

"드디어 그렇게 원하던 보물을 갖게 되었군. 이제 그걸로 뭘 할 텐가?"

"글쎄요, 우선은 갖고 싶은 것을 다 살 거예요. 자동차와 근사한 집, 멋진 옷…… 원하는 건 뭐든지요. 왕처럼 떵떵거리면서 행복하게 살 겁니다."

"원하는 걸 손에 넣으면 행복해질 수 있다고 생각하는 모양이구먼. 그건 그렇고 자네를 도와주었으니 그 대가로 내 부탁을 하나 들어 주겠나?"

"물론이죠. 말씀만 하세요."

"정확히 일 년 후에 여기에서 만나세."

알리는 노인의 부탁이 의아했지만, 그렇게 하겠다고 했다.

그는 곧장 으리으리한 집을 샀다. 크고 번쩍이는 자동차도 샀다. 먹고사는 일은 전혀 걱정하지 않고 긴긴 휴가를 떠나 세상 곳곳을 돌아다니며 즐겼다. 비싸고 고급스러운 옷도 마음껏 샀다.

그런데 원하는 것을 손에 넣을수록 맨 처음 보물 상자를 발

견했을 때 느꼈던 흥분과 감격이 점점 사라져 버렸다. 하고 싶은 일을 모두 할 수 있고, 갖고 싶은 것을 모두 가질 수 있는데도 행복을 느낄 수가 없었다. 오히려 이러한 사치가 그를 숨 막히게 만드는 것 같았다.

노인과 약속한 지 일 년이 되는 날, 알리는 몹시 무거운 발걸음으로 약속 장소로 나갔다. 노인은 그새 등이 조금 더 굽은 듯했다. 그가 알리를 반갑게 맞으며 물었다.

"그동안 어떻게 지냈나? 행복하게 잘 살았나?"

"아니요, 어르신! 원하는 것을 모두 가지면 행복해질 거라고 생각했어요. 그런데 전혀 그렇지 않았습니다. 그걸 이제야 알았어요."

노인은 미소를 지으며 알리의 등을 토닥여 주었다.

"이보게, 지난 일 년 이전의 자네의 삶을 기억해 보게. 항상 좋은 일을 하지 않았나? 자네가 좋은 일을 할 때마다 사람들의 얼굴이 환하게 밝아지는 것을 보았을 테지. 자네가 도움이 절실한 누군가에게 손을 내밀었을 때, 자네 가슴속에 피어오르던 느낌을 기억하나?"

"그럼요, 기억하고말고요. 몹시 행복했습니다. 사람들을 도와주었을 때, 그들의 얼굴에 나타난 미소가 내게 고스란히 전해지곤 했어요. 그래서 나 스스로도 내 얼굴에서 항상 빛이 난다고 느꼈지요."

"바로 그거라네! 자네 할아버지는 자네가 그 사실을 깨닫길 바랐던 거야. 그것이 바로 보물인 셈이지. 좋은 일을 하면 할수록 행복감은 커지기 마련이라네. 그렇게 주위에 도움을 주며 살아가는 것이야말로 진정한 행복을 누리며 사는 삶인 게지.

사실, 내 집에서 발견한 보물 상자는 자네 할아버지와는 아무 관련이 없다네. 그저 내가 그곳에서 우연히 발견한 황금이었을 뿐이야. 자네에게 진정한 행복의 비밀을 알려 주고 싶어서 그걸 이용한 거라네."

알리는 그 모든 일들이 너무나 놀라웠다. 할아버지는 그가 진정한 행복을 찾길 바라는 마음으로 보물 상자 이야기를 해주었고, 노인은 그의 행복을 위해 자신이 발견한 황금을 선뜻 내주었다.

"자, 이제 어떤 생각이 드는가?"

노인의 질문에 알리는 환한 얼굴로 대답했다.

"어르신, 정말 감사합니다. 제게 진정한 보물이 무엇인지 가르쳐 주셨어요. 그 가르침을 평생 잊지 않겠습니다. 그리고 더 나은 사람이 되기 위해 노력하겠습니다."

당연한 . . 말씀

학식이 깊고 인품이 훌륭하기로 소문난 현자가 있었다. 평소에 현자를 존경해 오던 몇몇 사람들이 몇 가지 질문을 준비해 그를 찾아갔다. 그들이 준비한 순서대로 질문을 하면 현자가 대답했다.

"가장 영리한 사람은 어떤 사람입니까?"

"다른 사람에게서 배울 점을 발견하는 사람이지."

"가장 강한 사람은 어떤 사람인가요?"

"분노를 다스릴 줄 아는 사람이라네."

"가장 부유한 사람은 어떤 사람입니까?"

"자신의 보물, 그러니까 자신에게 주어진 시간의 소중함을 아는 사람이 아닐까?"

"존경을 받아 마땅한 사람은요?"

"자기 자신과 다른 사람들에게 존경을 표하는 사람이지."

현자는 거침없이 명쾌하게 답을 내놓았다. 그때 그 자리에서 이야기를 듣고 있던 한 사람이 불쑥 끼어들었다.

"어르신, 하시는 말씀이 구구절절 모두 옳습니다. 그런데 너무 당연하고 분명한 대답들이네요……."

그러자 현자가 대답했다.

"그렇지! 너무나 당연한 것들이기 때문에 사람들은 그렇게 빨리 잊고 말지."

아름다운 . . 봄날

어느 봄날, 브루클린 브리지에서 맹인이 구걸을 하고 있었다. 그의 앞에는 상자에서 뜯어 낸 도화지만 한 크기의 두꺼운 종이가 놓여 있었는데, 거기에는 '저는 태어날 때부터 장님입니다.'라고 쓰여 있었다.

수많은 사람들이 맹인 앞을 스쳐 지나갔다. 그 다리에서 구걸하는 사람은 아주 흔하기 때문에 누구도 맹인을 주목하지 않았다. 그런데 그곳을 지나가던 광고 기획자가 우연히 그 종이판을 발견하고 멈춰 섰다. 그는 잠시 맹인과 종이판을 번갈아 바라보았다. 그러더니 무슨 생각에서인지 종이판을 집어 들어 뒷면에 뭐라고 쓰고는 다시 제자리에 놓았다.

놀랍게도 그다음부터 지나가던 사람들이 종이판을 주목했다.

처음에는 한두 사람이었지만, 이내 대부분의 사람들이 그 종이판을 읽고 지나갔다. 더불어 맹인 앞에 놓여 있는 모자에도 돈이 쌓이기 시작했다.

한 줄의 글로 충분했다. 무심하게 지나치는 사람들의 시선을 붙잡는 데에는.

"아름다운 봄날입니다. 하지만 저는 안타깝게도 이 봄을 볼 수가 없습니다……."

제4장 . . . 기회

포드의 . . 면접

미국의 어느 실업자 청년에게 있었던 일이다. 그는 직장을 구하기 위해 수십 차례 도전했지만 번번이 실패했다. 더 이상 내려갈 곳이 없다고 생각하자 뜻밖에도 엉뚱한 용기가 생겨났다. 유명한 기업인인 포드를 찾아가 일자리를 부탁해 보리라고 마음먹은 것이다.

그는 포드를 만나러 회사로 찾아갔다. 평범한 청년이 대기업 회장을 직접 만나기란 쉽지 않은 일이었다. 그러나 그는 포기하지 않았다. 한참 동안 비서와 실랑이를 한 끝에 팔 개월 후에 면담을 할 수 있다는 약속을 받아 냈다.

팔 개월 후, 그는 약속 시간에 맞추어 포드를 찾아갔다.

비서가 말했다.

"회장님께서는 곧 외출을 하실 겁니다. 당신도 따라가세요."

드디어 포드가 모습을 나타냈다. 포드는 청년은 쳐다보지도 않고 말없이 밖으로 나가 대기하고 있던 자동차에 탔다. 청년은 포드를 따라가 옆자리에 앉았다. 같이 차를 타고 가는 내내 포드는 청년에게 말 한마디 걸지 않았다. 몹시 어색한 시간이 흘렀다.

자동차가 백화점 앞에서 멈추었다. 포드는 차에서 내린 후 백화점 안으로 들어갔다. 청년도 허둥지둥 따라갔다. 백화점에서 만난 사람들은 존경심이 우러나오는 태도로 그 유명한 기업인을 맞았다. 포드는 그를 데리고 백화점 곳곳을 둘러보았다. 그곳에서 나온 뒤에는 다른 백화점도 네다섯 군데나 더 들러 돌아보았다.

볼일을 모두 마치고 난 후, 자동차는 다시 회사로 향했다. 청년은 더 이상 참지 못하고 조심스레 물었다.

"저……, 면접은 언제 보실 건가요?"

"아, 그래요? 정 원한다면!"

포드는 갑자기 운전사에게 자동차를 세우라고 했다. 그러더니 청년에게 당장 차에서 내리라고 말했다. 청년이 영문도 모른 채 차에서 내리자, 포드는 차를 출발시켜 버렸다. 청년이 내린 곳은 시내에서 꽤 멀리 떨어진 곳이었다. 엎친 데 덮친 격으로 수중에는 한 푼도 없었다. 그는 몹시 화가 났다.

워낙 한적한 곳이어서 그런지 지나가는 차도 없었다. 아주 가끔 한 대씩 지나가곤 했지만, 그가 아무리 손을 흔들어도 무시하고 쌩하니 지나가 버렸다. 그는 하는 수 없이 터덜터덜 걷기 시작했다. 그러다 문득 포드가 자신에게 무언가를 가르쳐 주려고 했는지도 모른다는 생각이 들었다. 그는 그 답을 찾아내기 위해 생각하고 또 생각했다. 늦은 밤, 집에 도착했을 때 그의 몸은 땀으로 흠뻑 젖어 있었다.

그는 포드의 비밀스런 메시지를 알아내기 위해 며칠 내내 생각에 잠겨 있었다. 그러던 어느 날, 불현듯 머리를 스치는 것이 있었다. 그는 포드와 함께 방문했던 백화점으로 달려갔다. 놀랍게도 그때 만났던 사람들 모두가 그를 알아보고 먼저 인사를 건넸다. 그가 질문을 하면 마치 포드가 앞에 있는 것처럼 정중하게 대답을 했다. 그는 포드와 함께 들렀던 백화점을 차례로 찾아가 관계자들에게 말했다.

"이 백화점의 제품을 판매하고 싶습니다."

그러자 모두들 흔쾌히 대답했다.

"원하는 제품을 모두 가져가십시오. 대금은 나중에 지불하셔도 됩니다."

세상에 이보다 더 큰 도움이 어디 있겠는가? 그로부터 오 년이 지난 후, 청년은 미국에서 가장 영향력 있는 기업인 중 한 명이 되었다.

"이제 포드 씨를 찾아가 감사하다는 말을 전해야겠어."

그는 먼저 포드의 비서를 찾아갔다. 신분을 밝히자마자 비서는 기다렸다는 듯 말했다.

"어서 들어가세요. 회장님이 기다리고 계십니다."

포드는 아주 반갑게 청년을 맞이했다. 갑작스런 환대에 당황해하자, 포드가 웃으며 말했다.

"당신은 내가 자동차에서 내리게 한 첫 번째 사람도 아니고, 마지막 사람도 아니오. 하지만 그 수많은 사람들 중에서 유일하게 내 행동에 숨겨진 뜻을 이해했소. 당신이 백화점으로 갔다는 소식을 듣고 난 다음부터 큰 관심을 가지고 당신을 지켜보았습니다!"

꿈 . . 도둑

이동 조련사는 말을 조련하기 위해 이 농장에서 저 농장으로, 이 경주에서 저 경주로 옮겨 다니는 경우가 많다. 그렇기 때문에 생활 터전이 일정하지 않고 늘 떠돌 수밖에 없다. 이 이야기는 어느 이동 조련사의 아들에 관한 이야기이다.

소년은 아버지의 직업 때문에 다양한 지역에서 교육을 받아야 했다. 중학교 이 학년 때, 그의 인생에 커다란 영향을 끼친 사건을 겪게 되었다. 어느 날, 선생님이 학생들에게 '미래의 내 모습'이라는 주제로 작문을 해 오라는 숙제를 내 주었다. 소년은 밤을 새워 가며 무려 일곱 장에 걸쳐 아주 세세하게 자신의 꿈을 적었다.

그는 장차 약 팔십만 제곱미터 규모의 말 농장을 갖고 싶다고 썼다. 아울러 자신이 꿈꾸는 농장의 대략적인 스케치도 곁들였는데, 필요한 건물과 마구간, 경마장의 규모와 위치까지 자세하게 표시했다. 그 농장 안에서 자신이 살게 될 집은 무려 천 제곱미터에 이른다고 적고, 그 집의 설계도까지 덧붙였다. 다음 날 소년은 두툼한 작문 숙제를 선생님에게 제출했다. 그것은 바로 그의 마음의 소리와 다름없었다.

이틀 후 소년은 숙제를 돌려받았다. 맨 앞 장에 빨간색으로 '0'이라는 숫자가 커다랗게 쓰여 있고, 그 옆에 '수업 후 상담할 것'이라는 글귀가 적혀 있었다.

소년은 선생님을 찾아갔다. 자신이 왜 그런 점수를 받게 된 것인지 이해할 수 없었다.

"선생님, 제가 왜 0점을 받은 거예요?"

"너는 현실성 없는 꿈을 큰 고민 없이 아무렇게나 적어 놓은 것 같더구나. 냉정하게 현실을 돌아보렴. 네 가족은 여기저기 떠돌아다니는 형편이잖니? 게다가 그리 넉넉하지도 않고 말이야. 말 농장을 짓자면 많은 돈이 필요하단다. 넓은 땅이 있어야 하고, 비싼 종자용 말도 사야 하지. 지금 네 상황에서 그 모든 것이 가능할 거라고 생각하니?"

소년은 잠자코 있었다. 그러자 선생님이 이렇게 덧붙였다.

"가능성이 있는 목표를 세우고 그것을 이룰 수 있는 방법들을

구체적으로 써 보렴. 그러면 점수를 다시 줄지 고려해 볼게."

소년은 깊은 고민을 안고 집으로 돌아왔다. 그러고는 그날 밤 아버지와 그 문제에 관해 의논을 했다. 이야기 끝에 아버지가 말했다.

"얘야, 결정은 네가 하는 거야. 네 인생이니까. 그나저나 이 문제는 네 인생에서 아주 중요한 선택이 될 것 같구나."

소년은 일주일 정도 깊이 고민한 후 다시 선생님을 찾아갔다. 그는 작문 숙제를 그대로 제출하면서 말했다.

"선생님, 제 점수를 바꾸지 마세요. 저도 제 꿈을 바꾸지 않을 거예요."

그 후 오랜 세월이 흘렀다. 어느덧 소년도 자라서 원기가 왕성한 장년의 사내가 되었다. 그는 지금 팔십만 제곱미터의 말 농장을 소유하고 있었으며, 농장 안에 천 제곱미터 규모의 커다란 집을 짓고 살고 있었다. 그 집 벽난로 위에 걸린 액자 속에는 그가 중학교 이 학년 때 작성했던 0점짜리 작문 숙제가 들어 있었다.

그러나 그것이 이야기의 끝이 아니다. 지난여름, 그의 작문 숙제에 0점을 주었던 선생님이 농장을 방문했다. 선생님은 삼십 명의 학생과 캠프를 하기 위해 이 농장을 찾아왔다. 캠프가 끝나는 날, 선생님은 자신의 옛 제자에게 이렇게 말했다.

"이제라도 자네에게 말할 수 있는 기회가 생겨서 정말 다행이야. 내가 자네를 가르치던 시절, 나는 꿈 도둑이었다네. 수많은 학생들이 자신의 꿈을 포기하도록 꿈을 도둑질한 것이지. 자네가 그 꿈을 포기하지 않을 정도로 신념이 강한 사람이었던 게 얼마나 다행인지 모르겠어."

챔피언 . .

소년은 훌륭한 유도 선수가 되는 것이 꿈이었다. 그러나 부모님은 그 꿈을 탐탁지 않게 여겼다. 당연히 아들이 유도를 배우는 것도 허락하지 않았다.

어느 날, 소년은 뜻밖의 사고로 왼팔을 잃게 되었다. 밝고 명랑했던 소년은 몹시 의기소침해져서 하루하루를 무기력하게 보냈다. 부모님은 절망에 빠진 아들을 위해서 무엇을 해 줄 수 있을지 고민했다. 그러다 아들이 좋아했던 유도를 배우게 해야겠다고 생각했다. 부모님은 즉시 사범을 고용했다.

사범은 아들을 보자마자 상대방을 오른팔로 잡고 던지는 시범을 보였다. 그러고는 수업 시간 내내 그 기술을 연습시켰다. 다음 시간도, 그다음 시간에도 똑같은 훈련을 했다.

며칠 후, 소년이 사범에게 말했다.

"사범님, 매일 같은 훈련만 하니까 너무 지루해요. 이제 다른 기술을 배우면 안 될까요?"

사범은 소년의 요구를 단칼에 거절했다. 그는 소년이 이 기술을 세상에서 가장 빨리 할 수 있게 될 때 훈련을 끝낼 거라고 말했다. 소년은 그의 단호한 표정과 말투에 자극을 받아 시키는 대로 열심히 따라가리라고 마음먹었다. 덕분에 놀랄 정도로 빠른 시간에 완벽하게 기술을 습득하였다. 이제는 사범마저도 순식간에 업어 칠 수 있게 되었다.

어느 날, 사범이 종이 한 장을 내밀었다. 바로 '청소년 유도 대회'의 참가 신청서였다. 소년은 무척 놀랍고 떨리면서도 한편으로는 걱정이 되었다.

대회에 나가기 전날, 소년은 흥분한 목소리로 사범에게 물었다.

"사범님, 제가 이길 수 있을까요? 제가 할 수 있는 기술은 한 가지밖에 없잖아요. 한 경기도 이기지 못할 거예요."

"이기고 지는 것에는 신경 쓰지 마라. 너는 그저 네가 배운 기술을 제대로 사용하면 돼."

다음 날, 소년은 첫 시합에서 자신의 유일한 기술로 상대를 단숨에 제압했다. 승리는 우연이 아니었다. 소년은 시합마다 승승장구해서 결승까지 진출하였다.

결승에서 만난 상대는 소년보다 몸집이 두 배나 큰 선수였다. 소년은 침착하게 공격의 기회를 노렸다. 그리고 마침내 자신의 유일한 기술로 결승 상대마저 누르고 챔피언이 되었다.

소년은 몹시 기뻐하며 사범에게 달려갔다.

"사범님, 이게 어떻게 된 일인지 모르겠어요. 저는 오로지 한 가지 기술만 사용했을 뿐인데, 게다가 팔도 하나밖에 없는데 챔피언이 되었어요."

사범은 대견하다는 듯 소년의 머리를 쓰다듬으며 말했다.

"잘해 주었구나. 정말 잘했어. 네가 익힌 기술은 유도에서 가장 힘든 기술이야. 방어술이 단 한 가지밖에 없거든. 그건 바로 상대방의 왼팔을 잡는 것이란다."

우물에 빠진 . . 당나귀

당나귀 한 마리가 우물에 빠졌다. 어쩌다 빠졌는지는 아무도 몰랐다. 아마도 우물이 말라 버리자 누군가 널빤지로 막은 다음 흙으로 덮어 놓은 듯했다.

시간이 흐르면서 널빤지는 점점 썩어 갔고, 그 위를 덮은 흙에서는 풀이 무성하게 자라나기 시작했다. 아무것도 모르는 당나귀는 싱싱한 풀을 발견하고 그저 신 나게 뜯어 먹었다. 하지만 다 썩어 빠진 널빤지가 당나귀의 무게를 어떻게 감당할 수 있으랴.

결국 당나귀는 우물 속으로 쿵, 하고 떨어져 버렸다. 곧이어 끔찍한 고통에 몸부림치며 큰 소리로 울었다. 얼마나 울었을까? 다행히도 당나귀 주인이 그 소리를 듣고 달려왔다. 상황은 아주 좋지 않았다. 가련한 당나귀는 우물 바닥에서 애처로운 표정으로 주인을 올려다보았다. 당나귀 주인은 당나귀가 안쓰러웠지만, 자신의 힘으로는 도저히 어떻게 할 방법이 없었다. 그는 도움을 요청하기 위해 마을 사람들을 불렀다.

마을 사람들은 당나귀를 어떻게 꺼낼지 심각하게 논의했다. 우물이 워낙 깊어서 당나귀를 꺼내기가 쉽지 않았다. 사람들은 깊은 고민 끝에, 다친 당나귀를 구하려고 애를 쓰는 것이 그다지 쓸모 있는 일이 아니라고 결론 내렸다. 그때 누군가가 당나귀를 이대로 내버려 두면 고통이 점점 더 심해질 터이니, 차라리 우물을 흙으로 메워 버리는 편이 낫지 않겠느냐고 말했다. 그러자 사람들은 삽을 들고 와 흙을 퍼서 우물 안으로 던져 넣기 시작했다.

당나귀는 위에서 흙이 쏟아지자 열심히 몸을 털고 발을 굴러 흙을 단단하게 다졌다. 상처 때문에 조금만 몸을 움직여도 몹시 고통스러웠지만 잠시도 멈추지 않았다. 그렇게 발밑으로 점점 흙이 쌓이더니, 어느덧 우물 입구까지 차올랐다. 당나귀는 잔뜩 지친 몸을 이끌고 우물 밖으로 걸어 나왔다. 사람들은 너무 놀라 입을 쩍 벌린 채 아무 말도 하지 못했다.

어린 참다랑어의 . . 마지막 희망

어린 참다랑어는 잽싸게 주낙(긴 낚싯줄에 여러 개의 낚시를 달아 물속에 늘어뜨려서 물고기를 잡는 기구)을 물었다. 실한 먹잇감이라 생각했던 것이다. 이내 입 안쪽에서부터 엄청난 통증이 몰려오고 가슴이 쿵쿵 뛰었다. 그러더니 순식간에 위로 끌려 올라갔다.

사실 항상 바다 밖 세상이 궁금하기는 했다. 하늘이란 건 과연 어떻게 생겼을까? 사람들은 정말 무서운 존재라던데, 사실일까? 커다란 호기심의 다른 한편에는 죽음에 대한 공포가 자리했다.

하지만 그렇게 궁금하게 여기던 하늘과 사람을 볼 수만 있다면, 그러다 마지막 순간에 낚시 바늘에서 벗어나기만 한다면,

입이 좀 찢어진다 해도 그날은 생애 최고로 운이 좋은 날이 되지 않을까?

그러나 어부의 손이 자신의 몸통을 무자비하게 쥐어 잡자, 어린 참다랑어는 자신의 최후를 알게 되었다. 그의 용감한 가슴은 넓디넓은 바다도 좁게 느껴질 테지만, 그는 지금 아주 작은 초록색 대야에 담겨 있을 뿐이었다. 그의 지느러미에 죽은 친구들의 뻣뻣한 몸이 닿았다.

어린 참다랑어는 사람들이 분주히 스쳐 지나가는 모습을 멍하니 바라보았다. 고양이 한 마리가 다가와 그의 눈을 들여다보며 입맛을 다셨다. 세상이 서서히 어두워지고, 머리가 어지러워 숨을 쉴 수가 없었다. 그는 곧 자포자기의 심정에 빠져 버렸다. 마지막으로 깊고 푸른 바다와 하얀 산호들, 부드러운 바다 이끼를 떠올렸다.

바로 그때, 나는 몸을 숙여 두 손으로 어린 참다랑어를 부드럽게 잡아 들고는 바닷가 쪽으로 걸어갔다. 그러고는 그의 머리에 입맞춤을 하고 눈물 두 방울을 흘리는 것으로 간소한 이별 의식을 치른 뒤 바다에 놓아주었다.

어린 참다랑어는 잠시 나를 쳐다보는 것 같았다. 그러더니 기쁜 듯 꼬리지느러미를 세차게 흔들며 바다 속으로 사라졌다. 나를 향한 감사의 표현도 잊지 않았다. 고귀한 비늘 몇 개를 내

손바닥 안에 남겨 두었던 것이다.

어부와 고양이가 무척 놀란 표정으로 나를 바라보았다. '왜 놓아준 겁니까?'라고 묻는 듯한 눈빛이었다. 나는 그 눈빛에 대답했다.

"어느 날엔가 내가 저 초록색 대야 안의 어린 참다랑어처럼 속수무책인 상황에 놓인다면, 마지막 순간까지 희망이 있었으면 해서요."

쥐와 . . 마법사

고양이가 무서워서 항상 두려움에서 떨며 사는 쥐가 있었다.

마법사가 이 쥐를 가엾게 여긴 나머지 고양이로 변하게 해 주었다. 그런데 쥐는 고양이가 되었다는 사실에 기뻐하기는커녕 개를 무서워하기 시작했다. 이번에는 마법사가 쥐를 호랑이로 변하게 했다. 호랑이가 된 쥐는 사냥꾼만 보면 두려워서 벌벌 떨었다.

마법사가 가만히 지켜보니, 자신이 아무리 더 강한 동물로 변신시켜 준다고 해도 쥐가 두려움을 극복할 가능성은 털끝만큼도 보이지 않았다. 그래서 쥐를 원래대로 돌려놓으면서 이렇게 말했다.

"너는 정말 겁쟁이구나. 너에게는 꼭 쥐만큼의 용기가 있을 뿐이다. 그러니 아무리 상황이 바뀌어도 여전히 두려움에 떨기만 하는 게지. 나는 너를 더 이상 도와줄 수 없구나."

포플러 나무와 . . 담쟁이덩굴

커다란 포플러 나무 옆에 담쟁이덩굴의 싹이 자라기 시작했다. 봄이 무르익어 갈수록 담쟁이덩굴은 쑥쑥 자라나더니, 이내 포플러 나무의 줄기를 감고 올라갔다. 담쟁이덩굴은 비를 맞고 뜨거운 햇빛을 받으며 아주 빠르게 자랐고, 금세 포플러 나무와 키가 같아졌다.

어느 날, 담쟁이덩굴이 포플러 나무에게 물었다.

"넌 이렇게 크는 데 얼마나 걸렸어?"

"아마 십 년쯤 걸렸을걸."

"맙소사, 십 년이라고?"

담쟁이덩굴은 잎사귀를 흔들며 깔깔 웃더니 다시 말했다.

"난 겨우 두 달 만에 너하고 키가 같아졌는데. 보여? 보이지?"

"그래……, 그렇구나."

어느덧 여름도 다 지나 버렸다. 바람이 차가워지자 담쟁이덩굴은 추위를 느끼기 시작했다. 잎사귀가 하나둘 떨어지더니 얼마 지나지 않아 헐벗은 몸이 되어 버렸다. 추위가 심해질수록 키는 점점 줄어들었다.

담쟁이덩굴은 자신의 상태가 걱정이 되어 포플러 나무에게 물었다.

"포플러 나무야, 지금 나한테 무슨 일이 일어나고 있는 걸까?"

"죽어 가고 있는 것 같아."

"죽어 간다고? 내가? 도대체 왜?"

"내가 십 년 걸려 도달한 곳을 너는 단 두 달 만에 도달하려고 했으니까."

우유 . . 호수

의학 분야에서 아주 중요한 발견을 한 학자가 있었다. 그 일로 신문 기자가 인터뷰를 하기 위해 그를 찾아왔다. 기자는 그의 발견이 다른 사람들에게서는 볼 수 없는 독창적이고 창조적인 사고방식에서 비롯된 것 같다고 하면서 질문을 던졌다.

"그렇게 될 수 있었던 원동력이 무엇이죠?"

학자는 웃으며 대답했다.

"세 살 무렵, 아주 특별한 경험을 한 적이 있습니다."

어느 날, 그는 냉장고에서 우유병을 꺼내다가 그만 병을 손에서 놓치고 말았다. 그 바람에 우유가 바닥에 쏟아졌다. 바닥은 이내 우유로 흥건해졌다. 그것을 본 어머니는 그에게 소리를 지르며 화를 내거나 벌을 주는 대신 이렇게 말했다.

"로버트, 정말 근사한 실수를 했구나! 나는 지금까지 이렇게 큰 우유 호수를 본 적이 없단다. 그래, 어쩌겠니? 이미 일어난 일인걸. 이 우유 호수가 없어지기 전에 엄마랑 같이 놀아 볼까?"

혼날까 봐 걱정했던 그의 얼굴이 환하게 밝아졌다. 그는 고개를 끄덕이고는 아예 바닥에 주저앉아 엎질러진 우유를 가지고 신 나게 놀았다. 한참 후, 어머니가 다시 말했다.

"로버트, 이런 실수는 누구나 할 수 있는 거란다. 그렇지만 실수를 한 뒤에는 그것을 정리할 줄 알아야 해. 엄마가 도와줄 테니 이 우유 호수를 치우도록 하자. 음, 뭘로 치우면 좋을까? 스펀지가 좋겠니? 아니면 걸레로 할래? 어떤 게 좋을까?"

그는 스펀지를 선택했다. 그리고 어머니와 함께 바닥의 우유를 깨끗이 닦았다. 청소가 끝난 후 어머니가 말했다.

"조금 전에 있었던 일은 네 작은 손이 우유병을 제대로 잡지 못해서 일어난 일이야. 다시는 그런 실수를 하지 않게 지금 뒷마당으로 가서 연습을 해 보자. 이 우유병에 물을 가득 담은 다음, 그걸 떨어뜨리지 않고 옮기는 연습을 해 보는 거야."

그날의 경험 덕분에, 그는 실수를 두려워할 필요가 없다는 것을 무의식 중에 체득하게 되었다. 실수는 새로운 것을 배우는 데 최고의 기회를 제공한다는 사실을 깨달았던 것이다.

이왕이면 . . 비누까지 주시지!

어느 지역에 더운물과 찬물이 나란히 흐르는 샘터가 있었다. 어느 날, 그 근방을 여행하던 관광객이 마침 그곳을 지나가게 되었다. 관광객을 안내하던 가이드는 그 샘터에서 빨래를 하는 여인들을 가리키며 말했다.

"이곳 여인들은 더운물에 빨래를 한 뒤 찬물에 헹군답니다."

관광객은 자연이 준 혜택에 놀라움을 감추지 못했다.

"이곳에 사는 여인들은 정말로 엄청난 행운을 잡은 거네요. 자연이 빨래를 하는 일에도 이렇게 큰 도움을 주니 말입니다."

그러자 여행 가이드가 대답했다.

"전혀 그렇지 않아요! 저 여인들에게 한번 물어보세요. 그들은 빨래를 할 때마다 신에게 불평을 한답니다. 더운물과 찬물을 주시는 김에 이왕이면 비누까지 함께 주시면 좋지 않았겠느냐고 말이지요."

목수의 . . 은퇴 선물

목수는 은퇴할 나이가 점점 다가오자 자신의 미래에 대해 많은 생각을 하게 되었다. 어느 날, 자신이 일하던 건축 회사의 사장을 찾아갔다. 그러고는 더 나이가 들기 전에 일을 그만두고 가족과 함께 좀 더 자유로운 삶을 누리고 싶다고 말했다.

사장은 실력 있는 목수가 일을 그만두겠다고 하자 아쉬운 마음이 들었다. 그렇지만 은퇴하겠다는 목수의 의지가 너무 확고해 더 이상 붙잡을 수 없었다. 그는 목수에게 좋은 일하는 셈치고 마지막으로 집 한 채만 더 지어 달라고 부탁했다.

목수는 사장의 부탁을 차마 거절하지 못하고 일을 시작했다. 하지만 그가 얼마나 그 일을 하기 싫어하는지 눈에 훤히 보였다. 만사가 귀찮은지 형편없는 재료를 사용하고, 공정도 정확하게 지키지 않았다. 그야말로 집을 대충대충 지었다. 지금까지 자신의 모든 것을 바쳐 열정적으로 임해 왔던 일을 이런 식으로 마무리 짓는 것은 얼마나 불행한 일인지!

어찌 되었든 마침내 집이 완성되었다. 사장이 와서 그 집을 여기저기 살펴보았다. 그러고는 대문의 열쇠를 목수에게 내밀며 말했다.

"자, 받게나. 이 집은 그동안 회사를 위해 열심히 일해 준 자네에게 보답하는 의미로 주는 은퇴 선물이네."

제5장 . . . . 선택

가장 아름다운 . . 장미

어느 마을에 아름다운 처녀가 살았다. 얼마나 아름다운지 아주 머나먼 도시까지 소문이 퍼져서, 부유한 가문의 청년들이 무수히 찾아와 구혼을 하곤 했다. 그러나 그녀는 청년들의 구혼을 모두 거절했다. 제아무리 대단한 가문의 청년이라 해도 그녀의 마음에 쏙 드는 이가 없었던 것이다.

같은 마을에 사는 한 청년도 그녀를 사랑했다. 그 역시 용기를 내어 그녀에게 청혼을 했으나 단번에 거절당하고 말았다. 상심한 청년은 얼마 후 마을을 떠났다. 그는 새로운 곳에서 열심히 삶을 일구었다. 사랑하는 여인을 만나 결혼도 하고 자식을 얻어 행복한 가정을 꾸렸다. 그렇게 세월이 흘렀다.

어느 날, 그는 우연히 한때 자신이 살았던 마을을 지나가게 되었다. 추억에 잠긴 채 길을 걷다가 예전에 친분을 나누었던 이웃집 노인을 만났다. 반가운 마음과 함께 수많은 기억들이 한꺼번에 밀려들었다. 문득 자신이 사랑했던 그 아름다운 여인은 어떻게 살고 있는지 궁금해졌다. 그는 노인에게 그녀의 소식을 물었다. 노인은 정원이 온통 장미로 아름답게 꾸며진 집을 가리키면서, 그녀가 결혼을 해서 살고 있는 집이라고 알려 주었다.

그는 대체 어떤 남자가 쟁쟁한 청년들의 구애를 모두 거절했던 여인을 사로잡은 것인지 무척 궁금했다. 그래서 커다란 나무 뒤에 숨어서 그녀의 남편이 집 안에서 나오기를 기다렸다. 얼마나 기다렸을까? 마침내 한 남자가 대문을 열고 나와 어딘가로 바쁘게 걸어갔다. 그 남자는 아주 못생기고 뚱뚱한 데다가 머리가 민숭민숭 벗어진 대머리였다.

그는 충격을 받은 듯 멍한 표정으로 그 자리에 잠시 서 있었다. 그러다 용기를 내어 그녀의 집 초인종을 눌렀다. 여인은 그를 알아보지 못했다. 그가 자신이 누구인지 밝히자 그제야 반가운 기색을 보였다. 그는 그녀에게 조심스레 지금의 남편과 결혼을 결심한 이유가 무엇인지 물었다. 그녀는 뜻밖의 질문에 다소 놀란 듯 잠시 당황한 표정을 지었지만, 이내 침착하게 말했다.

"뒤뜰에 있는 장미 정원에서 가장 아름다운 장미꽃을 꺾어다 주세요. 그러면 대답을 할게요."

그러면서 한 가지 조건을 덧붙였다.

"단, 지나간 길을 다시 돌아가서 꽃을 꺾으면 절대로 안 돼요."

그는 갖가지 색깔의 장미꽃이 만발한 정원을 천천히 걷기 시작했다. 아름다운 장미꽃에 둘러싸여 있으니 자기도 모르게 마음이 들떴다. 그러다 유독 화사하게 빛나는 노란색 장미꽃을 발견했다. 그 꽃을 막 꺾으려고 할 때, 바로 앞에 활짝 핀 분홍색 장미가 눈에 들어왔다. 그 꽃을 꺾으려고 몸을 구부리자 이번에는 강렬하고 매혹적인 빨간색 장미가 보였다. 그 장미에 손을 뻗으려니 조금 더 앞에……, 그리고 조금 더 앞에…….

그렇게 아름다운 장미꽃을 찾기만 하다가 어느새 장미 정원의 끝에 이르고 말았다. 그는 어쩔 수 없이 그곳에 있는 장미 중 하나를 꺾어 여인에게 가져다주었다. 그녀는 가장 아름다운 장미 대신 꽃잎이 시들고 빛깔도 형편없는 장미를 받아 들고는 미소를 지으며 말했다.

"보셨죠? 더 좋은 것을 찾는 사이에 세월은 쏜살같이 흘러간답니다. 결국에는 그저 눈앞에 남아 있는 것에 만족하는 수밖에 없었지요. 그러니 꽃다운 청춘이 다 가 버리기 전에 옳은 결정을 하는 방법을 배워야 해요."

손 안의 . . 나비

아주 영리한 형제가 있었다. 형제는 워낙 머리가 좋아서 근방에 소문이 자자했지만, 정작 자신들은 현실에 몹시 불만을 느끼고 있었다. 세상에는 궁금한 것들이 무척 많은데, 학교에서 배우는 지식만으로는 충분한 답을 얻을 수 없었기 때문이다. 형제의 어머니는 아들들의 지적 욕구를 잘 헤아리고 있었다. 그래서 고민 끝에 아들들을 그 지역에 사는 현자에게 데리고 갔다.

형제는 현자에게 많은 질문을 퍼부었다. 놀랍게도 현자는 매번 아주 만족할 만한 답을 내놓았다. 형제는 현자에게 더 많은 것을 배우고 싶었다. 그래서 어머니에게 한동안 그곳에 머물며 지식을 쌓고 싶다고 말했다. 어머니는 흔쾌히 허락했다.

형제는 현자와 함께하는 나날들이 무척 기쁘고 행복했다. 형

제가 질문을 하면 현자는 생각지도 못한 답을 내놓곤 했다. 그러나 얼마 지나지 않아 매일매일 똑같이 반복되는 일과에 지루함을 느끼기 시작했다.

형제는 현자도 대답할 수 없는 문제가 분명 있을 거라고 생각했다. 어떤 문제라야 대답을 할 수 없을까? 형제는 그것을 찾기 위해 고심했다. 그러다가 동생이 좋은 생각이 난 듯 무릎을 탁 치면서 말했다.

"아, 좋은 생각이 났어. 나비 한 마리를 손에 쥐고서 '내 손 안에 나비 한 마리가 있는데 죽었을까요, 살았을까요?'라고 묻는 거야. 죽었다고 하면 나비를 놓아주고, 살았다고 하면 손아귀를 꽉 쥐어 버리는 거지. 그러면 스승님이 뭐라고 대답을 하든 틀린 답이 되잖아?"

형제는 곧장 나비를 잡아 손 안에 쥐고는 현자에게 달려갔다. 동생은 현자에게 주먹을 내밀며 말했다.

"제 손 안에 나비 한 마리가 있어요. 죽었는지 살았는지 맞혀 보세요."

현자는 아이의 눈동자를 가만히 들여다보다가 대답했다.

"얘야, 너의 손에 달려 있다. 너의 손에……. 너의 사랑은, 너의 미래는, 너의 청춘은, 너의 인생은, 너의 평온은, 너의 행복은, 너의 모든 것은…… 너의 손에 달려 있다."

구겨진 . . 돈

유명한 연설가가 오십 달러짜리 지폐를 꺼내 높이 들어 보이며 청중들에게 물었다.

"여기 오십 달러가 있습니다. 제가 이 오십 달러를 여러분 중 한 분에게 드리고 싶은데요. 갖고 싶은 분 있습니까? 손을 높이 들어 주세요."

이백 명쯤 되는 청중들이 앞다투어 손을 들었다.

연설가는 갑자기 돈을 구기더니 물었다.

"이래도 이 돈을 갖고 싶은가요? 손을 들어 보세요."

그러자 청중들이 다시 손을 들었다.

"돈을 이렇게 한다면요?"

연설가는 오십 달러를 바닥에 내던지고 발로 짓뭉개면서 물

었다. 돈은 심하게 구겨지고 더러워졌다. 몇몇이 주춤주춤 손을 내렸다. 그러나 대부분은 여전히 손을 들고 있었다.

연설가는 미소를 지으며 말했다.

"여러분! 지금 여러분은 아주 중요한 사실을 눈으로 직접 확인했습니다. 내가 이 자리에서 돈을 구기고 짓뭉개는 것을 보면서도 전혀 개의치 않고 돈을 갖길 원했습니다. 왜냐하면 내 행동이 오십 달러의 고유한 가치를 떨어뜨리지 않기 때문이지요. 내가 어떻게 하든 그것은 여전히 오십 달러니까요.

인생을 살아가다 보면, 우리가 내린 어떤 결정이나 의도하지 않은 조건 때문에 마음을 다치는 일이 종종 있습니다. 마치 나 자신이 바닥에 내팽개쳐진 듯 괴롭고 힘이 들지요. 하지만 과거에 어떠했다거나 앞으로 어떻게 될 거라는 추측 따위는 중요하지 않습니다.

절대 우리의 가치를 잃어버려서는 안 됩니다. 깨끗하든 더럽혀졌든 바닥에 내팽개쳐져 깨지든, 이러한 것들은 전혀 중요하지 않습니다. 중요한 것은, 여러분을 사랑하는 사람들은 여러분이 얼마나 가치 있는 사람인지 절대로 잊지 않고 있다는 사실입니다."

흰 개와 . . 검은 개

노인과 손자가 오두막집 앞에 나란히 앉아서 마당을 바라보고 있었다. 마당에서는 커다란 개 두 마리가 서로 으르렁거리며 싸우고 있었다. 한 마리는 흰색이고, 다른 한 마리는 검은색이었다. 선명한 대비 때문인지 싸움이 더욱 격렬해 보였다.

손자는 문득 그 개들이 아주 오래전부터 똑같은 자리에서 늘 으르렁대며 싸웠다는 사실을 떠올렸다. 할아버지는 녀석들이 강아지였을 때 데리고 와 항상 곁에 두었다. 손자는 한 가지 궁금증이 일었다.

'작은 집을 지키기 위해서라면 한 마리로도 충분할 텐데 왜 굳이 두 마리를 키우는 걸까? 사이가 좋은 것도 아니고. 매일 싸우기만 하는데.'

아이는 호기심이 가득한 눈빛으로 할아버지에게 자신의 생각을 말했다. 할아버지는 그윽한 미소를 지으며 손자의 등을 어루만졌다.

"얘야, 저 개들은 내게 두 가지 상징적인 의미를 지닌단다."

"뭘 상징하는데요?"

"바로 선과 악을 상징하지. 지금 눈앞에서 싸우고 있는 저 녀석들처럼 우리 마음속에서는 항상 선과 악이 싸우고 있단다. 나는 저 개들을 옆에 두고서 내 마음속에도 선과 악이 치열하게 싸우고 있다는 사실을 잊지 않으려 하는 거야."

그 말을 듣자 손자는 또다른 질문이 생겼다.

"그런데요, 할아버지. 싸움을 하면 한쪽은 이기고 다른 한쪽은 지게 되어 있잖아요. 그럼 할아버지는 이 싸움에서 어느 쪽이 이길 거라고 생각하세요?"

할아버지는 손자를 가만히 바라보다가 대답했다.

"그건 내가 어떤 것을 더 잘 키우는가에 달려 있단다."

소금의 맛

어느 현자에게 제자들이 아주 많이 있었다. 그 제자들 가운데 끊임없이 불평을 늘어놓아 주위 사람들을 지치게 만드는 이가 있었다. 그는 자신의 인생이 불행하다고 느낀 나머지 틈만 나면 불만을 쏟아 냈다.

보다 못한 현자는 한 가지 꾀를 생각해 냈다. 며칠 후, 현자는 그 제자에게 소금을 사 오라고 시켰다. 제자가 소금을 사 오자, 현자는 물이 든 대접에 소금을 한 줌 넣고 휘휘 저어 그에게 마시라고 했다. 제자는 내키지 않은 얼굴로 소금물을 한 모금 들이켰다가 이내 컥컥거리며 토하듯 뱉어 버렸다.

현자가 물었다.

"맛이 어떤가?"

제자는 잔뜩 화가 난 목소리로 대답했다.

"스승님 보시기엔 어떤 것 같습니까? 너무너무 짭니다."

현자는 미소 띤 얼굴로 제자의 팔을 잡고는 근처에 있는 호수로 데리고 갔다. 그는 소금 한 줌을 호수에 던진 뒤, 제자에게 그 물을 마시라고 했다. 제자는 호숫가에 무릎을 꿇고 앉아 손으로 물을 떠서 한 모금 마시고는 소매로 입가를 닦았다. 그 모습을 보면서 현자가 아까와 같은 질문을 던졌다.

"이번에는 맛이 어떤가?"

"아주 상쾌합니다!"

"소금 맛이 나던가?"

"아니요."

현자는 제자 옆으로 다가가 다정하게 말했다.

"우리가 인생에서 겪는 고통도 소금과 같다네. 많지도 않고 적지도 않지. 고통의 양은 항상 똑같다네. 하지만 그것을 어디에 담는가에 따라서 그 맛은 달라지지. 자네가 조금 전에 맛본 것처럼 말이야. 고통이 다가올 때 자네가 할 일은, 당장의 아픔만 생각하며 허우적대는 게 아니라 그것의 주변까지 넓게 보는 것이라네. 그러니 이제 대접이 되는 것은 그만두고 호수, 더 나아가 바다가 되도록 노력해 보게나."

작은 대리석 조각

어느 조각가가 작품의 재료로 쓸 대리석을 사려고 대리석 가게에 갔다. 넓은 정원에 놓인 대리석들을 하나하나 꼼꼼히 살펴보며 돌아다니는데, 그늘진 구석에 놓인 볼품없는 대리석 조각이 눈에 들어왔다. 조각가가 가게 주인에게 물었다.

"이건 얼마나 합니까?"

"아, 그거요? 그런 쓸모없는 돌을 뭣에 쓰게요? 뭐, 필요하다면 그냥 가져가도 됩니다."

조각가는 깜짝 놀랐다.

"아니, 왜 그냥 주는 겁니까?"

"모양도 그렇고 색깔도 그렇고, 영 볼품이 없잖아요. 사실 나한테는 골칫거리나 다름없어요. 그 돌이 자리를 차지하고 있은 지 정말 오래되었는데, 지금껏 어느 누구도 그 돌을 사려고 하지 않았으니까요. 심지어 거기에 그 돌이 있는지조차 모르는 사람들이 허다했지요. 그 돌은 내 정원에서 자리를 차지하고 있는 것 말고는 아무런 쓸모가 없습니다. 가지고 간다면 오히려 내가 더 감사할 따름이지요."

그 후로 몇 달이 지났다. 조각가는 다시 그 대리석 가게를 찾았다. 두 손에는 자그마한 상자를 들고 있었다. 그는 가게 주인을 만나자마자 아무 말 없이 상자를 내밀었다. 가게 주인이 어리둥절한 표정으로 상자를 열어 보니 아주 근사한 조각상이 들어 있었다.

주인이 감탄을 했다.

"정말 멋진 작품이군요! 굉장합니다. 그런데 어째서 이걸 나에게 주는 겁니까? 내게 팔고 싶은 건가요?"

"아닙니다!"

"아니, 그럼 왜 이걸 보여 주는 겁니까? 나는 대리석만 파는 사람이지 작품을 사고팔지는 않습니다."

"그게 아닙니다! 당신에게 선물하려고 가져온 조각상이에요. 그 작품의 재료로 쓴 대리석이 당신 것이기 때문이지요. 혹시 기억납니까? 한 육 개월 전쯤, 저 정원 구석에 있는 쓸모없는 돌조각을 어떤 조각가에게 준 적이 있지 않습니까?"

"아, 네! 그래요, 기억납니다. 맞아요, 당신이군요. 내가 그 돌을 당신에게 주었지요."

"그 작품은 바로 당신이 준 그 대리석 조각으로 만든 것입니다."

대리석 가게 주인은 몇 달 전 그에게 했던 말이 떠올라 몹시 부끄러웠다. 그 볼품없던 돌에서 이렇게 멋진 예술 작품이 나올 줄 누가 알았으랴.

가난한 . . 부자

부유한 남자가 아들을 데리고 시골에서 하룻밤을 보내기로 했다. 이 짧은 여행의 목적은 아들에게 사람들이 얼마나 가난하게 살고 있는지를 보여 주고, 그것을 통해 아들이 얼마나 많은 것을 누리고 사는지 깨닫게 하기 위해서였다. 그들은 가난한 농부에게 양해를 구하고 그 집에서 밤을 보냈다.

다음 날, 집으로 돌아가는 길에 남자가 아들에게 물었다.

"사람들이 얼마나 가난하게 살고 있는지 잘 보았지?"

"네, 아빠."

"그럼 네가 무엇을 깨달았는지 이야기해 볼래?"

"겨우 하룻밤뿐이었지만 그 집에서 많은 것을 보았어요. 우리 집에는 강아지가 한 마리밖에 없는데, 그 집에는 네 마리나 있더라고요. 그리고 우리 집에는 정원 한가운데에 분수가 있을 뿐인데, 그들에게는 끝이 보이지 않는 맑고 시원한 시냇물이 있었어요. 우리 집에는 비싼 수입 샹들리에가 불을 밝히고 있지만, 그 집에는 셀 수도 없이 많은 별들이 반짝거렸어요. 게다가 우리 집에서는 창을 열면 보이는 것이라곤 정원뿐인데, 그 집에서는 끝없이 펼쳐진 지평선을 볼 수 있었어요."

아들은 말을 마치고 아버지를 바라보았다. 그러나 남자는 아들에게 해 줄 말을 찾지 못했다. 아들이 마지막으로 한마디를 덧붙였다.

"아빠, 정말 감사해요. 우리가 얼마나 가난하게 살고 있는지 보여 주셔서요."

난로의 . . 비밀

물리학자, 수학자, 화학자, 지리학자, 인류학자 등 각 분야에서 내로라하는 전문가로 이루어진 위원회가 토지 조사를 하기 위해 한 자리에 모였다. 지형을 막 살펴보고 있을 때 갑자기 비가 퍼붓기 시작했다. 그들은 눈에 띄는 가까운 집으로 달려가 주인에게 양해를 구하고 비를 피했다.

선량한 집주인은 이들에게 대접할 음식을 내오겠다며 잠시 자리를 비웠다. 그사이 전문가들의 이목이 집 안에 있는 난로에 집중되었다. 특이하게도 그 집은 바닥에서 일 미터 정도의 높이로 벽돌을 쌓아 놓고 그 위에 난로를 설치해 놓았다. 전문가들은 난로가 왜 이렇게 설치되어 있는지를 두고 치열하게 논쟁을 벌이기 시작했다.

가장 먼저 화학자가 입을 열었다.

"주인이 난로를 높이 설치한 것은 활성화 에너지를 감소시켜서 더 쉽게 타오르도록 하기 위해서입니다."

이어 물리학자가 말했다.

"그게 아니에요. 대류 현상을 이용해 짧은 시간 안에 방 안을 따뜻하게 하기 위해서예요."

그다음에는 지리학자가 자신의 의견을 피력했다.

"이곳은 지질 구조상 움직임이 활발한 곳입니다. 주인은 그걸 알고서, 혹시 지진이 일어난다면 난로가 벽돌 위로 넘어질 수 있는 방법을 고안해 낸 거지요. 화재 가능성을 사전에 차단하기 위한 방법이랄까요."

이어 수학자도 말을 보탰다.

"주인은 난로를 기하학적으로 계산하여 방의 중심에 설치했습니다. 이렇게 해서 방 안이 골고루 따스해지도록 한 거지요."

마지막으로 인류학자가 말했다.

"원시 사회의 불 숭배 사상보다는 그 정도가 약하지만, 어쨌든 이 집의 주인은 불을 존중하는 사상을 가지고 있는 게 분명해요. 그래서 난로를 약간 높은 곳에 설치한 거지요."

이렇듯 무의미한 논쟁이 계속되고 있을 때 집주인이 방으로 들어왔다. 전문가들은 입을 모아 주인에게 왜 난로를 바닥보다

높게 설치했는지 물었다. 그러자 주인이 아주 단순하고 명쾌하게 대답했다.

"연통이 짧아서요!"

이기적인 . . 베키르 에펜디

술탄 마흐무드가 다스리던 시절, 이스탄불에 질투심 많고 이기적인 남자가 살았다. 그의 이름은 베키르였는데, 이기적인 성격으로 얼마나 유명한지 '이기적인 베키르 에펜디(이름 뒤에 사용하는 경칭으로 '선생', '씨', '님'이라는 의미)'라고 하면 모르는 사람이 없을 정도였다. 사람들은 이기적인 사람이나 상황에 대한 예를 들 때마다 자연스레 베키르를 떠올리며 '이기적인 베키르 에펜디처럼'이라고 말하곤 했다.

'이기적인 베키르 에펜디'의 행실은 퍼질 대로 퍼져 마침내 술탄의 귀에까지 들어가게 되었다. 술탄은 그가 어떤 사람인지 몹시 궁금해하다가, 직접 만나 보기로 했다. 술탄은 신하를 통해 전갈을 보냈다.

베키르는 술탄이 자신을 방문할 것이라는 소식을 듣고 무척 들떠서 귀중한 손님을 맞이할 준비를 했다.

드디어 술탄이 도착했다. 술탄은 베키르의 교양 있는 태도와 말투, 자신을 접대하기 위해 최선을 다하는 모습이 아주 마음에 들었다.

그들은 화기애애한 분위기에서 시간이 가는 줄도 모르고 담소를 나누었다. 그러다 떠날 시간이 되었지만, 술탄은 그 집에서 나오기를 망설였다. 그의 머릿속에는 아까부터 의문 하나가 계속 떠올랐다.

'왜 사람들은 이 사람에게 이기적이라고 손가락질을 하는 걸까? 내가 보기에는 아주 좋은 사람 같은데……."

혼란스러워하던 술탄은 베키르를 시험해 보기로 했다.

"나는 이제 그만 일어나야 할 듯하오. 이렇게 환대를 해 주니 정말 고맙소. 아주 즐거운 시간이었소이다. 그래서 내가 선물을 하나 하리다. 지금 내게 바라는 것이 있으면 주저하지 말고 말하시오. 으리으리한 집을 원하시오? 아니면 돈? 그것도 아니면 마차요? 뭘 원하든 내가 마련해 주겠소. 하지만 한 가지 조건이 있어요. 당신이 원하는 대로 해 주는 동시에 이웃에 사는 사람에게는 당신이 원하는 것의 두 배를 줄 생각이오."

베키르는 무척 기쁘기는 하나 떨떠름한 표정을 감추지 못하고 고심했다. 마음속에서 야금야금 피어오르는 이기심을 도무지 누를 수가 없었다. 그는 마침내 결심한 듯 말했다.

"술탄이시여, 저의 한쪽 눈을 빼 주시기 바랍니다!"

그는 이웃 사람의 두 눈을 빼기 위해 자신의 한쪽 눈을 희생하기로 했던 것이다.

제6장 . . . 사랑

소금 . . 커피

그는 우연히 참석한 모임에서 그녀를 처음 만났다. 그녀를 보는 순간, 한눈에 반해 버렸다. 모임 내내 그녀 쪽을 힐긋거리며 이야기할 기회가 생기길 바랐다. 모임이 끝날 무렵, 그는 용기를 내어 그녀에게 다가가 함께 차를 한 잔 마시고 싶다고 말을 걸었다.

그녀는 모임 내내 눈에 띄지 않던 남자가 자신에게 데이트를 신청하자 깜짝 놀랐다. 그러나 딱 잘라 거절하기가 곤란해서 그만 고개를 끄덕이고 말았다. 두 사람은 모임 장소 바로 옆 모퉁이에 있는 아담한 찻집으로 들어갔다.

그는 얼마나 긴장했는지 심장이 거세게 쿵쾅거렸다. 심장 뛰는 소리가 들릴까 봐 신경을 쓰느라 말 한마디 제대로 꺼내지 못했다. 본의 아니게 어색한 침묵이 계속되었다. 그녀는 그 자리가 몹시 불편하게 느껴졌다. 이제 그만 가야겠다고 말을 꺼내려는 순간, 그가 갑자기 웨이터를 불렀다. 그러고는 큰 목소리로 말했다.

"여기, 커피에 넣을 소금 좀 가져다주세요."

그의 말에 찻집 안에 있던 사람들이 황당하다는 듯한 눈길로 그를 쳐다보았다. 커피에 소금을 넣는다고?

그는 얼굴이 새빨갛게 달아올랐다. 하지만 매일 같은 일을 반복하듯 아무렇지도 않게 커피에 소금 한 스푼을 넣고 한두 번 휘젓더니 마시기 시작했다.

그녀가 몹시 놀란 표정으로 물었다.

"맛이…… 괜찮아요? 굉장히 특이한 입맛인가 봐요."

그가 살짝 미소 지으며 대답했다.

"나는 이 맛을 정말로 좋아합니다. 어렸을 때 바닷가 근처에서 살았어요. 항상 바다와 친구하며 놀았지요. 그러다 보니 바닷물의 짠맛이 입에 배어 있는 모양이에요. 하긴 그 짠맛을 느끼며 컸으니까요.

커피에 소금을 넣는 이유는 바로 그 때문입니다. 혀에 그 짠맛이 느껴질 때마다 나의 어린 시절과 바닷가에 있는 집, 그리고 행복한 우리 가족의 모습이 떠오릅니다. 부모님은 여전히 그 바닷가에 살고 계세요. 부모님과 집이 무척이나 그리워요."

그의 눈은 촉촉하게 젖어 있었다. 그녀는 진심이 느껴지는 그의 말과 눈빛에 큰 감동을 받았다. 가족을 이렇게 그리워하는 사람이라면 틀림없이 그에 대한 사랑도 깊은 사람이리라.

그때부터 그녀도 자연스레 말이 쏟아졌다. 그녀 역시 가족과 멀리 떨어져 지내고 있었기 때문이다. 두 사람 사이에는 달콤하고 따스한 대화가 오갔다.

그날의 대화는 아주 멋진 시작이 되었다. 결국 그 만남은 결혼으로 이어져 평생을 행복하게 살았다. 아내는 짜디짠 커피를 좋아하는 남편을 위해서 커피를 탈 때마다 소금을 한 스푼씩 넣어 주었다.

부부로 인연을 맺은 지 사십 년째 되던 해에 남편이 먼저 세상을 떠났다. 그는 죽기 직전에 아내에게 편지 한 통을 남기면서 말했다.

"내가 죽으면 열어 봐요. 꼭 죽고 난 다음에 봐야 해요."

그의 유언대로 아내는 남편이 세상을 떠난 뒤 조심스레 편지를 열어 보았다.

사랑하는 당신, 이 세상에 하나밖에 없는 나의 사랑.

부디 나를 용서해 주시오. 이제 나는…… 우리의 인생을 거짓

위에 세웠다는 것을 고백해야겠소. 평생 동안 나는 당신에게 조금도 부끄러운 행동을 하지 않았지만…… 딱 한 번 거짓말을 한 적이 있소. 우리가 처음 만났던 그날에.

그날을 기억해요? 나는 그때 몹시 긴장하고 흥분한 상태였소. 그 때문인지 설탕을 달라고 말하려 했는데, 나도 모르게 소금이라는 단어가 튀어나오고 말았던 거요. 당신은 물론이고 그곳에 있던 사람들이 모두 놀란 얼굴로 나를 바라보니 너무 당황해서 뭘 어떻게 해야 할지 모르겠더군. 그러다 주문을 바꿀 타이밍도 놓치고 만 거요. 결국 '에라, 모르겠다.' 하는 심정으로 거짓말을 계속했다오.

정말이지 나는, 이 거짓말이 우리 관계의 초석이 되리라고는 꿈에도 생각지 못했어요. 진실을 말하려고 몇 번이나 결심을 했지만, 당신이 실망할까 봐 몹시 두려웠소. 당신과 함께한 내내 그렇게 결심과 포기를 반복했다오.

하지만 이제는 아무것도 두렵지 않아요. 다 죽어 가는 마당에 뭐가 두렵겠소? 그러니 오랫동안 숨겨 왔던 진실을 말해야겠어요. 나는 소금을 넣은 커피를 좋아하지 않소. 그것은 아주 끔찍하기 짝이 없는 맛이라오. 나는 당신을 처음 만난 그날부터 평생 동안 그 이상한 커피를 마셔 왔던 거요.

그렇지만 한 치의 후회도 없어요. 당신과 함께한 세월은 하루하루 행복한 나날이었소. 내 인생이 바로 행복 그 자체였지……. 나는 이 행복이 소금 커피 덕분이라는 것을 알고 있다오. 다시 태어난다면 또다시 당신을 만나, 당신과 함께 평생을 보내고 싶소. 두 번째 생에서도 평생 소금 커피를 마셔야 할지라도…….

아내는 편지를 읽는 내내 뜨거운 눈물을 흘렸다. 편지는 그녀의 눈물로 흠뻑 젖었다.

어느 날, 이웃에 사는 부인이 찾아왔다. 이런저런 이야기를 나누던 중 이웃집 부인이 물었다.

"남편분이 좋아했던 소금 커피 말이에요. 대체 맛이 어떤가요? 혹시 먹어 봤어요? 어떤 맛일지 도저히 상상이 안 되네요."

그러자 그녀의 눈가가 금세 촉촉하게 젖어 들었다. 그녀는 환하게 웃으며 대답했다.

"아주 달콤하답니다. 달콤하고말고요!"

어머니의 . . 귀

"아기를 봐도 될까요?"

여인은 이제 막 엄마가 된 참이었다. 간호사가 부드러운 강보에 싸인 아기를 조심스레 그녀의 품에 안겨 주었다. 여인은 주체할 수 없는 행복감에 휩싸인 채 아기의 자그마한 얼굴을 보기 위해 떨리는 손으로 강보를 열었다. 그 순간, 그녀는 너무나 놀라 온몸이 얼어붙고 말았다. 아기의 귀가 있어야 할 자리에 아무것도 없었던 것이다!

지루한 검사가 이어진 후, 드디어 결과가 나왔다. 불행 중 다행인 것은 귀가 없는 것은 단지 외관상의 결함일 뿐 듣는 데는 아무런 문제가 없었다.

그 후 몇 년의 세월이 흘러, 어느덧 아이는 학교에 다닐 나이가 되었다. 어느 날, 아이는 수업이 끝나자마자 집으로 달려 들어와 엄마 품속으로 뛰어들며 펑펑 울었다. 그날 아이는 인생에서 가장 큰 절망을 맛보았다. 아이는 서럽게 흐느끼며 말했다.

"엄마, 덩치 큰 아이가…… 나한테 괴물이라고 손가락질하면서 놀렸어요."

그와 같은 고통스러운 상황은 시시때때로 찾아왔다. 그러나 아이는 씩씩하게 자랐다. 학교에서는 항상 우수하고 모범적인 학생이었다. 친구들도 아이를 좋아했다. 만약 사람들 사이에 쉽게 섞일 수 있는 성격이었다면, 다른 아이들을 이끄는 역할도 제법 멋지게 해냈을 것이다.

어머니는 아이에게 틈틈이 "사람들 속에서 함께 어울려 살아야 한다."라고 강조하곤 했다. 그러나 가슴속에는 항상 아들을 향한 깊은 연민이 자리하고 있었다.

아이는 청년이 되었다. 어느 날 아버지는 가족의 주치의와 아들의 문제를 상의했다.

"내 아들을 위해 할 수 있는 게 정말 아무것도 없단 말이오?"

"방법이 아예 없는 건 아니에요. 누군가 귀를 기증한다면 이식을 할 수 있습니다. 물론 하나가 아니라 한 쌍이어야 하고요."

아버지는 당장 귀를 기증할 사람을 찾기 시작했다.

그렇게 훌쩍 이 년이 지나갔다.

어느 날, 아버지가 아들에게 말했다.

"아들아, 오늘은 아주 중요한 날이다. 지금 곧 병원에 가야 해. 그동안 네 엄마와 함께 너에게 귀를 기증할 사람을 찾고 있었단다. 며칠 전에 기증자가 나타났다는 연락을 받았어. 그런데 그 사람이 자신의 신분을 절대로 밝히지 말아 달라고 신신당부했다는구나. 그러니 그 부분에 대해서는 알려고 하지 말거라."

수술은 성공적으로 끝났다. 아들은 완전히 새로 태어난 기분이었다. 외모에 자신감이 생기자 정신적으로도 크게 안정이 되었다. 그 때문인지 학교에서는 물론이고 사회생활을 할 때도 승승장구했다. 그는 사랑하는 사람을 만나 결혼을 하였고, 행복한 가정을 꾸렸다. 그리고 갖은 노력 끝에 외교관이 되었다.

오랜 세월이 흘렀다. 어느 날 아들이 아버지에게 물었다.

"아버지, 이제는 알아야겠어요. 저를 위해 그런 훌륭한 일을 한 사람이 대체 누구인가요? 어떤 식으로든 그분의 고마움에 보답하고 싶어요."

그러나 아버지는 단호하게 고개를 저었다.

"네가 그 사람을 위해 할 수 있는 일은 별로 없을 거야. 게다가 비밀로 하기로 약속하지 않았니? 설사 비밀을 밝힐 수 있는 상황이 온다 하더라도 지금은 아니란다. 지금은 아무것도 말해 줄 수가 없구나. 아직은 일러……."

비밀은 오랫동안 지켜졌다. 그러다 마침내 그 비밀이 밝혀지는 순간이 왔다. 그것은 공교롭게도 아들의 인생에서 가장 가슴 아픈 시기에 찾아왔다.

바로 어머니의 장례식 날이었다. 아들은 어머니의 장례식에서 아버지와 함께 관 속에 누운 어머니를 바라보고 있었다. 잠자코 어머니를 내려다보던 아버지가 천천히 손을 뻗어 어머니의 붉은 기가 도는 밤색 머리카락을 귀 뒤로 넘겼다. 그 순간 아들은 숨이 멎는 듯했다. 귀가 있어야 할 자리에 아무것도 없었던 것이다.

아버지는 충격으로 말을 잊은 아들을 바라보며 조그맣게 속삭였다.

"네게 귀를 주기로 결심한 날, 네 엄마는 이제 더 이상 머리카락을 자르거나 다듬을 필요가 없다고 하면서 아주 행복하게 웃었단다. 그 누구도 네 엄마가 추하다고 생각하지 않았어. 왜 안 그렇겠니? 진정한 아름다움은 겉모습에 있는 게 아니라 가슴속에 있는 거니까. 마찬가지로 진정한 행복은 눈에 보이지 않는 곳에 있지. 사랑하는 사람을 위해 뭔가를 했다고 꼭 말을 해야 사랑을 느낄 수 있는 건 아니란다. 말하지 않아도 늘 거기에 있는 거야."

누구를 . . 초대하겠습니까?

점심 무렵, 한 여인은 쇼핑을 가려고 대문을 나섰다. 그런데 대문 맞은편에 하얀 수염을 길게 늘어뜨린 남루한 차림의 노인 세 명이 앉아 있는 것을 발견하고 발길을 멈추었다. 그녀는 잠시 생각을 하더니, 그들에게 다가가 정중하게 말했다.

"제가 공연히 참견하는 것 같지만, 세 분 모두 몹시 지쳐 보이시네요. 잠시 우리 집으로 들어가시겠어요? 간단히 요기라도 하시면 어떨까요?"

그러자 한 노인이 지금 집에 남편이 있느냐고 물었다. 여인은 남편이 조금 전에 외출했다고 말했다. 노인은 고개를 절레절레 저었다.

"성의는 정말 감사하오만, 남편이 집에 없으면 우리는 초대에 응할 수 없소이다."

저녁이 되어 남편이 집으로 돌아오자, 여인은 낮에 있었던 일을 이야기했다.

"당신이 집에 없다니까 집 안으로 들어오려고 하지 않더라고요. 무척 피곤해 보였는데……."

남편은 아내의 이야기를 듣고 몹시 안타까워했다.

"지금도 그 자리에 있는지 얼른 내다봐요. 아직 가지 않았다면 다시 한 번 초대합시다."

여인이 대문을 열고 살펴보았다. 노인들은 대문 맞은편에 그대로 앉아 있었다. 그녀는 노인들에게 다가갔다.

"어르신, 조금 전에 남편이 돌아왔어요. 그러니 지금 다시 초대를 하면 들어오시겠어요?"

그녀가 다시금 초대하자, 한 노인이 대답했다.

"이렇게 계속 신경을 써 주다니 정말 감사하오. 그런데 우리 세 사람이 모두 함께 들어갈 수는 없소."

그러고는 잠시 머뭇거리다가 말을 이었다.

"오른쪽에 앉아 있는 이 친구의 이름은 '부'라고 하오. 그리고 왼쪽에 앉은 친구는 '성공'이라 부르지요. 내 이름은 '사랑'이라 하오."

노인은 자신과 친구들을 이렇게 소개한 뒤 흥미로운 제안을 했다.

"댁들은 우리 중에서 딱 한 명만 초대할 수 있소. 지금 집으로 들어가서 남편과 잘 상의해 보시오. 누구를 초대하고 싶은지 결정을 하면 알려 주시오."

여인은 집으로 돌아와 남편에게 노인의 말을 전했다. 남편은 뛸 듯이 기뻐하며 말했다.

"이야, 그거 정말 흥미로운데! 누구를 초대할 것인지 우리가 결정하라고 했단 말이지? 그렇다면 부 노인을 초대합시다. 그 노인이 들어서는 순간 우리 집은 순식간에 부자가 되는 것이나 다름없지 않겠소?"

그러나 여인은 남편의 결정이 마음에 들지 않는 듯했다.

"여보, 성공 노인을 초대하는 게 더 낫지 않을까요?"

그때 방 안에서 두 사람의 대화를 듣고 있던 며느리가 거실로 나왔다. 그녀는 조심스레 자신의 생각을 말했다.

"아버님, 어머님, 사랑 노인을 초대하는 게 가장 좋지 않을까 싶어요. 그분이 오시면 우리 집은 온통 사랑으로 가득 차게 될 테니까요."

며느리의 말이 시부모의 마음을 움직였다.

"그래, 그게 좋겠다. 사랑으로 가득 찬 우리 집을 상상하는 것만으로도 행복하구나."

여인은 대문을 열고 나가 세 노인을 둘러보며 물었다.

"사랑이라고 하신 분이 어떤 분이죠? 우리는 그분을 초대하기로 결정했답니다. 안으로 들어오세요."

가운데에 앉아 있던 노인이 자리에서 벌떡 일어났다. 그가 집을 향해 걷기 시작하자, 놀랍게도 옆에 앉아 있던 두 노인들도 일어나 그의 뒤를 따랐다. 부인은 놀람과 흥분에 휩싸인 채 뒤따르는 두 노인에게 물었다.

"두 분은 왜 오시는 건가요? 한 분만 초대할 수 있다고 하셨잖아요? 저는 단지 사랑이라는 분만 초대한걸요."

한 노인이 대답했다.

"만약 당신네들이 우리 중 부나 성공을 초대했다면 초대받지 않은 둘은 밖에서 기다릴 참이었소. 하지만 당신은 사랑을 초대했소. 이렇게 되면 우리 세 사람 모두 함께 당신의 집으로 가야 한다오."

부인이 "왜요?"라고 묻기도 전에 두 노인이 동시에 말했다.

"사랑이 있는 곳에는 항상 부와 성공이 따르게 마련이니 말이오."

아내를 위한 . . 머니 플랜트

법정에 서 있는 여든 살의 노부부는 참으로 비참한 모습이었다. 할아버지는 몹시 지친 눈길로 반대편에 서 있는 할머니를 응시하고 있었다. 할머니는 얼마나 울었는지 눈두덩이 불그스레하게 부어올랐고 얼굴은 말할 수 없이 초췌했다.

판사는 굵고 낮은 음성으로 할머니에게 물었다.

"어르신, 말씀해 보세요. 적지 않은 나이신데, 왜 굳이 이혼을 하시려는 겁니까?"

할머니는 무겁게 한숨을 내쉬었다. 그러고는 가슴께로 흘러내린 스카프 끝을 만지작거리다가 쉰 목소리로 말을 하기 시작했다.

"이 남자를 더 이상 참을 수가 없어요. 지난 오십 년 동안을 생각하면…… 정말 넌더리가 납니다. 꼭 이혼하고 싶어요."

법정에는 한동안 무거운 정적이 흘렀다. 그런데 갑자기 플래시가 요란하게 터지면서 정적을 깨뜨렸다. 이런 종류의 가십거리를 매일 기사로 쏟아 내는 기자들 중 누군가가 터뜨린 것이었다. 무려 오십 년을 함께 산 부부의 이혼 이야기에는 과연 어떤 식의 헤드라인을 붙일 수 있을까? 수많은 기자들이 머리를 바쁘게 굴리며 재판을 지켜보고 있었다.

모두의 시선이 집중된 가운데 할머니가 눈물을 글썽이며 입을 열었다.

"우리 집에는 내가 아주 아끼는 식물이 하나 있습니다. 바로 머니 플랜트지요. 남편은 그것도 모를 거예요……. 그 식물은 오십 년 전 남편이 내게 준 꽃들 사이에서 어렵사리 싹을 틔웠지요. 나는 그것을 소중하게 키웠습니다. 우리에게는 아이가 생기지 않았어요. 그렇기 때문에 그 식물을 자식으로 여기면서 더욱 아끼고 조심스레 보살폈지요.

그런데 얼마 지나지 않아 잎이 시들기 시작하더군요. 나는 그 식물을 잃고 싶지 않았어요. 굳게 다짐을 했지요. 매일 새벽 해가 뜨기 전에 일어나 물을 흠뻑 주겠다고요. 그러면 머니 플랜트가 싱싱하게 잘 산다고 했거든요.

지난 오십 년 동안, 남편은 단 한 번도 '내가 새벽에 일어나

물을 줄 테니 푹 자요.'라고 말한 적이 없습니다. 바로 얼마 전까지도 말이에요. 그날 새벽…… 나는 잠에서 깨어나지 못했습니다. 나이가 이만큼 먹으니 일찍 일어날 기력이 남아 있지 않았던 모양이에요.

나는 바로 이런 사람과 오십 년을 보냈습니다. 난 그에게 인생과 희망, 내 모든 것을 주었어요. 그런데 남편에게서는 아무것도 돌아오지 않았습니다. 나는 한 번이라도, 단 한 번이라도 남편이 나 대신 머니 플랜트에 물을 주기를 바라고 바랐습니다. 하지만 헛된 기대였지요. 이제 더 이상 함께할 수 없어요. 남편 없이 사는 게 더 좋아요. 맹세코 그렇습니다."

할머니의 말이 끝나자 판사는 할아버지를 돌아보며 물었다.

"어르신도 하실 말씀이 있으시겠지요?"

할아버지는 지팡이에 몸을 의지한 채 천천히 판사 앞으로 걸어 나왔다. 눈앞에서 아내의 비난을 받은 터라 몹시 부끄러운 듯했다. 그러나 이내 표정을 가다듬고 판사를 바라보며 느리지만 또박또박하게 말했다.

"젊은 시절, 나는 군에 입대해서 대통령 궁의 정원사로 복무하게 되었습니다. 정원이 항상 아름다운 모습을 유지할 수 있도록 온갖 노력을 기울였지요. 아내를 알게 된 곳도 그곳이었습니다. 그리고 머니 플랜트도……. 나는 아내에게 아름다운 꽃다발을 만들어 주곤 했지요.

결혼 초 어느 날엔가 아내가 뒷목이 아프다고 하더군요. 곧바로 의사에게 데려갔습니다. 목 디스크라는 진단을 받았지요. 의사는 잠을 오래 자면 목 디스크가 악화될 거라고 했습니다. 그러니 매일 새벽 일찍 일어나 산책을 하는 게 좋겠다고요. 하지만 아내는 의사의 말뿐만 아니라 내가 하는 말도 귀담아듣지 않더군요.

그 무렵 머니 플랜트의 잎이 시들기 시작했습니다. 마침 어떤 생각이 번뜩 떠올랐습니다. 나는 아내에게 새벽에 물을 주면 그 식물이 싱싱하게 오래 산다고 말해 주었지요. 그리고 나 자신에게 맹세를 했습니다. 매일 새벽에 아내를 깨우고, 그녀의 모습을 지켜보겠다고요.

나는 새벽마다 사랑하는 아내가 자식처럼 여기는 식물에게 물을 주는 모습을 행복하게 바라보았습니다. 마치 내가 그 식물이 된 기분이었지요. 그러고는 아내가 다시 잠이 들면, 나는 화분에 담긴 물을 비웠습니다. 왜냐하면…… 머니 플랜트는 물을 많이 주면 안 되는 식물이니까요.

며칠 전 아내가 일어나지 못한 날……, 나도 나이가 든 탓인지 일어나지 못했습니다. 그래서 아내를 깨우지 못했어요. 물을 못 주었으니 식물이 말라 버릴 수도 있겠지요. 하지만 내게는 그것보다 아내의 목 디스크가 재발할 수 있다는 사실이 중요했습니다. 아내는 그런 내가 몹시 원망스러운가 봅니다. 난 이제 너무 지쳐서 더 이상 아무 말도 하고 싶지 않습니다. 판사님께서 판결을 내려 주시기 바랍니다……."

할아버지는 말을 마치고 몸을 돌렸다. 순간 그는 깜짝 놀랐다. 재판장 안에 있던 모든 사람들이 조용히 눈물을 흘리고 있었던 것이다.

신혼부부의 . . 나무

결혼한 지 얼마 되지 않은 부부가 있었다. 아직 신혼의 단꿈에 젖어 있어야 할 시기였지만, 두 사람은 벌써 결혼생활이라는 것이 자신들이 꿈꾸었던 모습과는 전혀 다르다는 사실을 깨닫기 시작했다.

그들이 서로를 사랑하지 않는 것은 아니었다. 표현을 잘 하는 편은 아니었지만, 결혼 전에는 곧잘 서로에게 사랑한다는 말을 하곤 했다. 그런데 지금은 사소한 말이나 작은 행동도 그냥 흘려버리지 않았다. 그것들은 언제나 크고 작은 갈등의 불씨가 되었다.

어느 날 저녁, 두 사람은 식탁에 마주 앉아 깊은 이야기를 나누었다. 그들은 자신들의 관계를 냉정하게 돌아보고, 앞으로 어떻게 해야 할지 생각해 보기로 했다. 작정하고 속내를 다 털어놓은 끝에 두 사람 모두 이혼을 원하지 않는다는 사실을 확인했다. 동시에 이런 상태로 계속 살 수 없다는 사실도 깨달았다.

남편이 말했다.

"좋은 생각이 있어요. 내일 정원에 나무 한 그루를 심읍시다. 이 나무가 석 달 안에 말라 죽으면 하늘의 뜻으로 알고 이혼하는 거요. 그러나 마르지 않고 잘 자란다면 다시는 이혼 생각을 하지 않기로 해요. 그 석 달 동안은 각 방을 쓰면서 서로에 대해 객관적으로 생각해 봅시다."

이 제안에 아내도 찬성했다. 다음 날 두 사람은 화원에서 과실수 묘목을 사와 함께 정원에 심었다.

그 후로 석 달이 다 되었을 무렵이었다. 어느 날 밤, 두 사람은 우연히 정원에서 마주쳤다. 두 사람 모두 물이 가득 든 플라스틱 통을 손에 들고 있었다.

어머니의 . . 거짓말

소녀는 어머니의 무한한 사랑을 받고 자랐다. 어머니는 그녀에게 백설 공주보다 더 예쁘고 귀한 딸이라고 입버릇처럼 말하곤 했다.

"네 피부는 얼마나 하얗고 투명한지 몰라. 눈은 또 얼마나 아름다운데. 늘 샛별처럼 반짝인단다."

그녀는 어머니에게 이 세상에 단 하나뿐인 소중한 딸이었다.

그러나 학교에 입학한 후, 소녀는 전혀 다른 진실을 대면하고 혼란을 느꼈다. 친구들이 그녀에게 전혀 예쁘지 않다고, 아니 아주 못생겼다고 말했던 것이다. 처음에 그녀는 그들의 말을 믿으려 하지 않았다. 사람들은 누구나 질투를 하게 마련이라며 스스로를 위로했다.

하지만 이내 진실을 받아들일 수밖에 없었다. 어머니가 눈처럼 하얗고 투명하다고 했던 피부는 사실 얽은 자국으로 심하게 우둘투툴했다. 샛별처럼 반짝인다던 눈은 실제로는 사시여서 초점을 맞출 수 없는 데다 심각한 병까지 걸려 있었다. 버드나무처럼 가녀린 몸매도 아니었다. 그러니까 어머니는 오랜 세월 동안 태연하게 그녀를 속여 왔던 것이다.

진실을 알게 된 뒤부터 어머니를 향한 증오심은 걷잡을 수 없이 커져 갔다. 어느덧 결혼할 나이가 되었지만, 자신의 미래에 아무런 기대도 하지 않았다. 그도 그럴 것이 어떤 남자도 그녀의 얼굴을 쳐다보지 않았던 것이다. 게다가 눈은 온갖 치료를 다 해도 나아질 기미를 보이지 않았다.

어느 날, 그녀는 자신이 눈이 멀게 될 거라며 의사들끼리 수군거리는 말을 듣게 되었다. 그 사실을 알게 된 순간부터 금방이라도 미쳐 버릴 것만 같았다. 그 와중에도 어머니는 여전히 어렸을 때 했던 거짓말을 그대로 반복하기만 했다.

그녀는 그런 어머니를 더 이상 참을 수가 없어서 집을 나가기로 결심했다. 그런데 어머니가 먼 곳에 새로운 직장을 구했다면서 따로 나가 살겠다고 선수를 쳤다. 그러고는 그동안 모아 둔 돈을 가까이 살고 있는 친척에게 보내 딸을 돌봐 달라고 부탁했다.

얼마 지나지 않아 그녀는 앞이 보이지 않게 되었다. 어두운 세상 속에서 홀로 살아가게 된 것이었다. 그래도 어머니가 어떻게 지내는지 전혀 궁금하지 않았다. 그녀에게 어머니는 자신의 인생을 속여 엉망진창으로 만들어 버린 거짓말쟁이일 뿐이었다. 그러니 어머니가 세상에 없다 해도 상실감 따위는 느끼지 않을 것이라 생각했다.

어느 날, 담당 의사가 놀라운 소식을 전했다. 이식할 눈을 구했으니 수술을 하면 다시 앞을 볼 수 있다는 것이었다. 그녀는 자신의 추한 얼굴을 마주해야 한다는 사실이 두려웠다. 그렇지만 눈이 먼 채 혼자서 살아간다는 것은 결코 쉬운 일이 아니었다. 고민 끝에 최소한 누군가의 짐은 되지 말자는 생각으로 수술을 결심했다.

마침내 수술이 끝났다. 오랜 회복 기간을 거친 후 조심스레 붕대를 풀던 날, 그녀는 거울 속 자신의 모습을 보고 너무 놀라 고함을 질렀다. 거울 속에는 무척이나 아름다운 여자가 서 있었다. 매끄러운 피부가 빛나는 얼굴에서 오뚝한 코가 시선을 사로잡았다. 얼굴에 비해 너무 커서 불만이었던 귀는 아담하고 예쁜 모양으로 변해 있었으며, 수세미 같던 머리카락은 반짝이며 구불거렸다.

그녀는 옆에 서 있던 의사를 껴안으며 소리쳤다.

"선생님, 제가 세상에 다시 태어난 건가요? 못생긴 얼굴이 사라졌어요. 이게 대체 어떻게 된 일이죠? 눈 수술을 하면서 성형 수술도 해 주신 건가요?"

나이가 지긋한 의사는 온화한 미소를 지으며 말했다.

"안과 의사가 어떻게 성형 수술을 하겠나? 나는 그저 자네 어머니가 기증한 눈으로 이식 수술을 한 것뿐이라네. 자네는 어머니의 눈으로 자신을 보고 있는 거야."

뽀뽀 . . 상자

아버지는 어린 딸이 비싼 포장지를 함부로 써 버린 것을 발견하고 심하게 야단을 쳤다. 아까워서 쓰지 못하고 보관해 두었던 금박 포장지를 상자 하나를 싸는 데 다 써 버렸던 것이다.

다음 날은 새해 첫날이었다. 이른 아침, 어린 딸은 문제의 포장지로 엉성하게 포장한 커다란 상자를 들고 와 내밀며 말했다.

"아빠, 이거 아빠 거예요."

아버지는 가시에 찔린 듯 마음이 아팠다. 전날 딸을 지나치게 야단친 것은 아닌지 후회스러웠다. 자신에게 줄 선물을 포장하느라 그런 것인데, 물어보지도 않고 화부터 낸 것이 몹시 부끄러웠다.

그러나 상자를 열어 본 뒤 또다시 화가 치밀어 올랐다. 상자

안은 텅 비어 있었다. 아버지는 간신히 화를 억누르며 말했다.

"얘야, 이건 선물이 아니야. 아무것도 없잖니? 누군가에게 선물을 줄 때는 안에다 뭐든 넣어 두어야 하는 거야."

어린 딸은 눈물이 그렁그렁 맺힌 눈으로 아버지를 바라보며 말했다.

"아무것도 없는 거 아니에요. 내가 뽀뽀로 꽉 채운걸요."

아버지는 몹시 부끄러워 아무 말도 할 수 없었다. 그는 딸을 힘껏 안고 한동안 눈물을 쏟아 냈다.

아버지는 그 고귀한 상자를 평생토록 침대 머리맡에 두었다. 그러고는 기분이 좋지 않을 때나 힘겨운 일이 있을 때마다 상자를 열어 어린 딸이 사랑으로 가득 채워 준 상상의 뽀뽀를 하나씩 꺼내곤 했다.

나는 그녀가 누구인지 . . 압니다

이른 아침, 집에서 나온 노인은 어딘가를 향해 부지런히 걸어갔다. 그런데 잠깐 한눈을 팔다가 맞은편에서 오는 자전거와 부딪혀 넘어지고 말았다. 천만다행으로 가벼운 찰과상만 입었을 뿐 크게 다치지는 않았다. 지나가던 사람들이 노인을 부축해서 가장 가까운 병원으로 데리고 갔다.

간호사가 상처 부위를 재빠르게 소독한 뒤 노인에게 말했다.

"할아버지, 잠시만 기다리세요. 혹시 부러진 곳이나 금이 간 곳이 있는지 엑스레이를 찍어 봐야 하거든요."

노인은 바쁜 일이 있다면서 엑스레이를 찍지 않고 그냥 가겠다고 말했다. 간호사는 그래도 찍어야 한다며 나가려는 노인을 붙잡았다. 그러자 노인이 말했다.

"아내가 요양원에 있소. 나는 매일 아침 요양원에 가서 아내와 함께 아침을 먹지요. 늦고 싶지 않아요."

간호사가 웃으며 대답했다.

"걱정 마세요. 제가 할머니께 연락해서 사정을 말씀드리고 조금 늦을 거라고 전할게요."

순간 노인의 얼굴에 짙은 그늘이 드리워졌다.

"안타깝지만…… 아내는 내가 누구인지, 자기가 왜 거기에 있는지 모른다오. 아내는…… 알츠하이머병을 앓고 있소."

간호사가 깜짝 놀라 물었다.

"어차피 할아버지를 알아보지도 못하는데 왜 매일 아침 함께 식사를 하려고 애를 쓰세요?"

그 말이 노인에게는 무척 거슬린 모양이었다. 노인은 불쾌한 표정을 숨기지 않은 채 대답했다.

"왜냐고요? 아내는 나를 모르지만, 나는 그녀가 누구인지 알기 때문이라오."

지금, 행복한가요?

사람들은 지금 이 순간에도 자신의 가치를 높이기 위해, 더 많은 이익을 얻기 위해, 더 나은 삶을 위해 끊임없이 무언가를 하고 있다. 그러한 노력들이 인간의 삶에 발전과 편리를 가져다주었다는 사실은 부정할 수 없을 듯하다. 하지만 한편으로는 이런 질문을 하게 된다.

"그런 노력들이 여러분을 얼마나 행복하게 했나요? 지금, 행복한가요? 미래의 어느 순간에 다가올지 모를 행복을 위해서 지금의 불행을 힘들게 감내하고 있는 건 아닌가요?"

이 질문에 저마다 다른 대답을 할 것이다. 사람마다 가치관과 삶의 우선순위가 다를 테니까. 그래서 세상이 이토록 다채로운 것 아니겠는가? 하지만 그렇다고 해서 그 질문이 의미가 없는 것은 아니다. 각자의 삶에 알맞은 답을 찾기 위해 하던 일을 잠시 멈추고 진지하게 고민하는 과정은 어떤 의미에서 보면

가장 큰 자기 계발의 방법이라 할 수 있다.

이 책은 이 년 전 이스탄불 공항에서 우연히 발견한 책이다. 비행기 안에서 읽을 만한 책을 고르다가 순전히 이야기가 짧다는 이유만으로 손에 잡은 것이었다. 가벼운 마음으로 책장을 펼쳤으나, 다 읽고 난 뒤에는 아주 묵직한 감동을 안고서 바로 그 질문을 나에게 할 수밖에 없었다. 동시에 이 책에 담긴 지혜들이 다른 사람들에게 어떤 질문을 던질 수 있을지 궁금했다. 나는 곧바로 터키에 있는 지인들을 동원해 저자의 연락처를 수소문했다. 그리고 이제 드디어, 여러분의 답을 기다릴 시간이 된 것이다.

이 책에 담긴 이야기들이 여러분의 인생을 더 행복하게 만들어 줄 것이라고 단언할 수는 없다. 하지만 지금껏 살아온 삶을 돌아보고 앞으로 살아갈 미래를 그리며 몇 가지 중요한 질문을 하게 하지 않을까 생각한다. 그것이 이 책이 담고 있는 의미이자 가치라고 믿는다.

이 책은 거대한 담론이나 지혜를 찾기 위한 책이 아니다. 사실 지혜를 찾는다는 것은 너무 거창하다는 생각도 든다. 이러한 이야기를 통해, 한 발 두 발 지혜를 향해 나아간다는 말이 더 옳을 것 같다. 결국 지혜란 거대한 관념이 아니라, 일상의 작은 경험을 서로서로 나누고 받아들이는 과정 중에 피어나는 꽃이 아닐까? 부디 이 책이 여러분의 인생에 아름다운 꽃을 피우는 물이자 햇빛이 된다면 좋겠다.

2011년 10월

이 난 아

그린이 **박혜림**

이화여자대학교 회화과를 졸업했다. 《싱커》, 《도미노 구라파식 이층집》, 《풀잎의 제국》, 《해피엔드에 안녕을》, 《그리고 명탐정이 태어났다》 등에 표지 그림을, 《심장의 시계장치》, 《책을 처방해드립니다》 등에 표지와 본문 그림을 그렸다. 현재 책과 TV 광고, 상품 디자인 등 다양한 분야에서 프리랜스 일러스트레이터로 활동 중이다.

www.popson.net

철학 교수가 들려주는 지혜 이야기

선물은 누구의 것이 될까?

첫판 1쇄 펴낸날 2011년 10월 27일
6쇄 펴낸날 2014년 8월 5일

엮은이 제브데트 클르츠 **옮긴이** 이난아 **그린이** 박혜림
발행인 김혜경 **편집인** 김수진
주니어 본부장 박창희
편집 송지현 박현숙 최현정 최은영
디자인 전윤정 권은숙 심아경
마케팅 정주열
경영지원국장 안정숙
회계 임옥희 양여진 신미진

펴낸곳 (주) 도서출판 푸른숲
출판등록 2002년 7월 5일 제 406-2003-032호
주소 경기도 파주시 회동길 57-9 파주출판도시
푸른숲 빌딩, 우편번호 413-120
전화 031) 955-1410 **팩스** 031) 955-1405
www.prunsoop.co.kr

ISBN 978-89-7184-928-6 44830
978-89-7184-419-9 (세트)

푸른숲주니어는 푸른숲의 유아 · 어린이 · 청소년 책 브랜드입니다.

* 잘못된 책은 구입하신 서점에서 바꾸어 드립니다.
* 본서의 반품 기한은 2019년 8월 31일까지입니다.

이 도서의 국립중앙도서관 출판예정도서목록(CIP)은 서지정보유통지원시스템 홈페이지(http://seoji.nl.go.kr)와 국가자료공동목록시스템(http://www.nl.go.kr/kolisnet)에서 이용하실 수 있습니다.(CIP제어번호 : CIP2011004334)